屍人探偵

著　木犀あこ

マイナビ出版

目次

第一話　炎と水死体

　今日は、最高の夜だ。

　昼間は文字どおり地獄のような暑さだったが、日が落ちてからは過ごしやすくなった。「頬を撫（な）でる風が心地よく」「月はきれいで」「足取りも軽い」。陳腐な言葉を頭の中で並べながら、藍原剛力（あいはらごうりき）は一人暮らしのマンションを目指す。

　急ぐ必要はない。このすがしい夜を味わいながら、のんびり歩くことにするか。そう心の中でつぶやいて、藍原は歌を口ずさみ始めた。ワイヤレスのイヤホンからは、十七歳の現役高校生が歌うラップが軽快に流れている。ほとんど人通りのない道だ。下手くそな歌をぼそぼそ口にしたところで、誰にも聞こえやしないだろう。

　朝から夜まで机に向かい、勉学に励んだ一日の終わりの、万能感。軽快な気持ちに浸ったところで罰は当たらないはずだ。

　心地よい風を感じながら、藍原は思う。なぜ人は夏を嫌うんだ？　暑いからと文句を言いたくなる気持ちはわかるが、それでも夏には強烈な〝生命〟のにおいのようなものがあるじゃないか。

熱はすなわち、エネルギーだ。虫の声、循環する水、青く輝く木々の葉たち。自分は生きてここにいて、命に満ちた空気を肺いっぱいに吸い込んでいる。

藍原は笑みを浮かべる。俺は夏が好きだ。ぎらついていて、怒りにさえ似たエネルギーが満ちていて。みんなが生きていることを実感する。夏休みとか、祖母の家での花火とか、水遊びとか、楽しい思い出にもつながっている、この季節が好きだ。

ああ、ほんとうに。

俺というやつは、つくづく充実した人生を送っているんだなあ。

マンションの冷凍庫に眠る具だくさんパスタのことを考えながら、藍原は音楽のボリュームを上げた。周囲の音は消え、自分だけの世界に包まれる心地がする。

今日は月曜、明日は早朝のバイトが休みの日だ。家に着いて風呂に入ったら、少しだけテスト勉強を進めておくことにしようか。

川のそばの道をひたすら歩く。土手沿いの歩道に光は少なく、川の水面(みなも)は黒い帯のようにしか見えなかった。

対岸でひときわ大きく、ひときわたくさんの光を放っている建物は、鬼京市(ききょうし)東部医療センターだ。地域医療の中核を担い、多くの命を救ってきた場所。いつかは藍原自身も、その戦いの中に身を投げるであろう憧れの地。

ジャケットの襟を片手で直し、藍原は太く息を漏らす。誰も見ていないような場所でも、これを着ている以上は身を慎まなければならない。

点滅し始めた歩行者用信号を目にして思わず走り出しそうになったが、しっかりと歩を緩め、横断歩道の前で立ち止まる。安全に、ゆっくりと。ようやく通い慣れたこの道を、まだまだ楽しむつもりで家へと帰るんだ。

交差点へ向かってくる車が見える。歩行者用信号は赤だ。藍原は歩道で立ち止まっている。これまでに幾度となく経験した、ありがちなシチュエーション。街灯が、藍原の周りを昼間のように明るく照らしている。

藍原は鼻歌まじりに、信号が変わるのを待っていた。車のヘッドライトが近くなる。当然、ブレーキの音も聞こえてこない。接近する光の間隔と走行音から、車はかなりのスピードを出していることがわかる。ライトがさらに近づく。違和感を覚え、視線を上げた藍原の目を、ヘッドライトの光が強烈に射貫いた。まずい。焦りが走るが、人の身で反応してどうにかできるような状況ではなかった。

その瞬間に向けて、すべてがスローになっていく。コマ送りの映像を重く、ゆっくり、極限まで引き延ばして投影するかのような視界。車体が真正面に来た瞬間、藍原はハンドルを握るドライバーの顔をはっきりと目撃した。丸いフレームの眼鏡に、顎と鼻下にはやした髭。頭にかぶっているのは、帽子なのか——なんだかこっけいな見た目だな、と、脳が場違いなことを思う。数秒にも満たないその強烈な映像が終わり、唐突に時が動き始める。

視界が飛ぶと同時に、重い音が藍原の全身を貫いた。

体が宙を舞う。妙に冷静な頭で、藍原は驚愕していた。おいおい、冗談だろ？　車に撥ね飛ばされて吹っ飛ぶっていうけど、ほんとうに、文字どおり、俺は今空を飛んでいるじゃないか。

体が浮く感覚が長く続くが、これが錯覚の一種なのか、あまりにも高く撥ね上げられた証拠なのか、藍原には理解することができなかった。やばい、やばいな、と心で繰り返すうちに、全身が焼けるように熱くなってきた。

頭部から血が激しく吹き出しているのがわかる。

目の裏が圧迫されるようで、頭が痛い。

やばい——まずいぞ。藍原はとまどう。意識ははっきりしているのに、足がうまく動かせない。手も、首も思うとおりにならない。外傷のせいか？　違う。俺の体が、まだ空中にいるからなんだ！

気づくと同時に、今度は砂袋を落としたような音が藍原の頭を震わせた。草のにおいと土のにおいで、自分の体が地面に、いや、川沿いの土手に叩きつけられたことを悟る。ぱき、と腹の中で何かが割れる音。もはや痛みは感じない。脳の中に水が注ぎ込まれていくように、だんだんと全身の感覚が鈍くなっていく。

意識が遠ざかる。〝自分〟を司る何かが体から剝がれたような感触。おい、やばいぞ、俺！　声にならない鼓舞もむなしく、小指の一本さえ動かすことはできなかった。

宙を舞って地面に叩きつけられても、ぶつかったときの衝撃はまだ失われていなかったらしい。全身が転がる感覚があった。真っ暗な視界が、二転、三転する気配があった。そこで音が途切れた。聴覚を失ったのか、あるいは、唐突な環境の変化におどろいた肉体が、外界からの刺激をシャットダウンさせてしまったのか。

今見ているものが、夢なのかうつつなのかわからない。そもそも、目が正常に機能しているのかもわからない。暗い背景に散る星のような模様を見つめながら、藍原はうめいた。不思議な夢のようなものが頭をよぎる。若いころの母親が、ソファで寝てしまった小さな自分をベッドへ運んでくれる記憶。全身が浮いて、暖かくて、心地がいい……。

火のような痛みが唐突に戻ってきた。川の水が全身を包み込む。空気を求める口が大量の気泡を吐き出す。

浮く感覚は夢じゃなかった。転がって、川に落ちたんだ。まずい。泳がなければ。泳ぐんだ。手を――足を――動かして――！

岸へ戻ろうとするその腕に、もはや生命の力は届かない。

耳の中で渦巻く水の音さえ、やがては聞こえなくなってしまった。

＊　＊　＊

――りき。剛力。強そうな名前だろ。それはもう単純に、強い子になってほしいって想いからつけてくれたんだってさ。体も、心も強く。弱いものを助けて、それに寄り添える大人になるんだよって……。

――将来の夢は、医療従事者。理由は、ヒーローだから。命を助けるってことほど、正しいものはないと思います。

――そう。鬼京市東部医療センター付属の看護学校へ行くよ。卒業したあとは医療センターに就職することが条件だけどさ、奨学金の借り入れもしやすくなるし。母さん、今さら仕事も増やせないだろ。だから自分の学費くらいはなんとかするから。な。

——学校は大変だけど、頑張ってる。ずっとやりたかった仕事に就けるわけだし、大変なのもはじめから承知の上だって。

——友達もちゃんとできたんだよ。いつもいっしょに授業受けて、飯もよく一緒に食ってる。そいつ、俺とは真逆の性格だけどさ。だからこそ、気を遣わないっていうか……。

——大丈夫、毎日、楽しいよ。

——俺、頑張ってるから。

——頑張ってるから。大げさだけど、俺、本当に生きてるのが楽しいんだ。

＊　＊　＊

暗い、と感じた。

妙な時間に午睡をしてしまった時の、あの不安定な目覚め……。今が何時なのか、次にどうするべきなのか、眠る直前に自分が何をしていたのかさえ、すぐには思い出せない。夜を昼と錯覚したり、祝祭日を平日と間違えたりすることもしょっちゅうだ……。それで、今は？　何時で、何日で、そもそも、ここはどこなんだ？　いいや、その前に。

俺はここで目覚める前に、いったいどこにいて、何をしていたんだ？

どうして、こんなところで眠っている？

続く自問を、鈍い頭痛がかき消してしまう。思わず額に手をやって、藍原は身震いした。出血は止まっているようだが、体温がかなり低下している。それにこの寒気は何だ。体の芯を冷やすような悪寒に、今がどの季節かさえも忘れそうになった。

そうだ、今は真夏じゃないか。そしてここは外だ。視界は真っ暗に近いが、わかる。頬をくすぐる草の感触と、名前もわからない虫の鳴き声。足先は湿ったものに浸されていて、より強い冷えを感じていた。ここは河原だ。通学路に沿って流れる、登古世(とこよ)川の河原。自分は交通事故に遭って、ここまで撥ね飛ばされたのだ。

意識を失う前の記憶がよみがえって、藍原は目を見開く。信号待ちをしていた交差点で、自分は車に轢(ひ)かれた。撥ねられた衝撃で川に落下し、大量の水を飲み込んだ。体を動かすこともできず、このまま溺れてしまうのかと思ったが――幸い、呼吸が完全に停止する前に河原へと流れ着くことができたようだ。水中で気を失うほどの怪我であったのに、自然と息を吹き返したのは幸運と言うほかないだろう。

　息を、吹き返した？

　なんだ？　味わったことのない気色悪さを感じて、藍原は胸を押さえる。意識の有無。呼吸の状態。傷病者に出くわした時に、真っ先に確かめる項目だ。

　今、ここにいる自分は――意識はある。それは確かめるまでもなく、はっきりしている。指先も腕も動くということは、心拍にも呼吸にも問題はないのだろう。なのに、だ。横たわる自分の胸がぴくりとも動いていない。それどころか、空気を吸って、吐き出していいるという感覚がいっさいないじゃないか。

　息をする、という行為は不思議なものだ。いったん意識をしてしまうと、その動作を反射的に行う状態に戻るのが難しくなる。普段は自分が息をしているかどうかなんて、確かめることすらしないのに。

　それでは、これも錯覚の一種なのだろうか？　〝息を吸って、吐いている〟という動作がまったく感じられないのも、心理的な問題なのか？

　落ち着け――冷え切った胸を撫で、藍原はふう、と息を吐いてみた。肺から空気らしいものは漏れ出るが、それだけ。妙な言い方になるが、〝息〟はしても〝呼吸〟をした感じがしない。どこかの神経が麻痺しているのだろうか。呼吸に関わる脳の領域がやられているとすれば、かなりまずい状態だと言える。動けるのならば、一刻も早く助けを求めなければ。

地面から引き剝がすようにして身を起こした。背中に走る衝撃に、藍原は思わずうめき声を漏らす。関節という関節に乾いた糊（のり）が絡まっているかのようで、動かしづらい。しかし、不思議と痛みはなかった。ただ何かが折れている、曲がっている、そんな感覚があるだけだ。いわゆる「脳内麻薬」の作用で、痛みを感じなくなっているだけだろうか。それにしては全身をスムーズに動かせる。大怪我をしたのか……実はかすり傷ひとつ負っていないのか、それすらもわからない……。

両足で立ち上がり、藍原はジャケットの表面に手で触れる。ポケットにいつも入れてあるスマートフォンを無意識に捜そうとしたのだ。そして妙な感触に、びくりと指を引っ込める。ぽろぽろと、何かが崩れるような手触り。湿気のないものがこすれあう時の、あの気持ちの悪い感触。

——焼けている。

今身にまとっているジャケットが、焼けているのだ。

肘を曲げ伸ばしすると、炭化した繊維がぽろぽろとこぼれ落ちてくる。身にまとえる程度に形は保たれているようだが、それでも一部分だけに火がついたという感じではない。一度火に包まれてから、燃え尽きる前に消火されたかのような。

下に着ているシャツには焦げひとつなく、高校生のころから穿いているぼろのジーンズにも、目立った傷は見当たらなかった。水に浸っていた足先を除いては、服も髪も完全に乾いている。

わけがわからない。車に撥ね飛ばされたのは事実で、川に落ちたという記憶だけが間違いだったということだろうか？　服に付着したガソリンに引火して、身につけているジャケットを焼いたということなのか。そんなことが起こりえるのか。

わからない……頭がぼうっとして、複雑なことを考えられない。

藍原は歩き出す。河原の急斜面を登り、上にあるはずの道路を目指す。交差点で車に撥ねられたのは、確か午前一時すぎだったはずだ。それからさほど時間が経っているようには思えない。あたりはまだ真っ暗で、静かだ。いくら夏とはいえ、怪我をした状態で水辺に長く放置されていたのなら、体温を失うなどしてもっとひどい状態になっていただろう。気を失っていたのはせいぜい一、二時間というところだろうか。

草をかき分け、道路まで戻ってくる。あたりを見回して、おおよその場所の見当がついた。車に轢かれた交差点から、東に百メートルほど行ったところか。撥ね飛ばされた衝撃でそこまで転がるとは思えないから、やはり一度川に落ちて、ここまで流されてきたということなのだろう。疑問が残るが、ひとまずは知っている場所に出られたことにほっとする。街灯だけが並ぶ道路に、人影はない。

藍原の足は自然と西を目指していた。事故に遭った交差点、そこまで行けば何かがわかるかもしれない。もし車の運転手が藍原を轢いたあとに逃げていたのであれば、まず警察に通報しなければ。

けれど、できるのか？　ポケットに入れていたスマートフォンは見当たらず、家に帰ったところでほかの連絡手段があるわけでもない。いや、何を考えてるんだ、俺は。それなら直接警察に駆け込めば済む話じゃないか。あるいは学校へ戻って、助けを求めるか。鬼京市東部医療センターに直接行って……夜間診療で怪我を診てもらうのも……。

医療センター。病院。

警察。助けを求める。誰かに。

藍原の体を、大きな震えが貫く。なんだ？　理由はわからないが、自分は今〝警察や病院に行くこと〟に強い抵抗と恐怖を感じた。事故に遭ったことを咎められるから、とか、身分が証明できなければどうしよう、とか、そんな複雑な理由ではない。

もっと、原始的な。そう、柵のない屋上から地面を見下ろした時のような、むき出しの生命の危機への恐怖。

川のほうへと視線を向ける。医療センターの光が水面に揺らめいているのを目にして、すぐに顔を背ける。行ってはいけない。理由はわからないが、今もっとも助けを求めるべき場所に、向かってはいけないような気がする。

藍原は再び歩き出した。街灯の光を頼りに、撥ね飛ばされた地点まで引き返していく。静かだ。普段は夜中でもわりと車通りがある道なのに、今は車どころか人っ子ひとり歩いていないじゃないか。

横断歩道のすぐ手前、ちょうど車に轢かれた地点に戻って、藍原はまず足下を見た。タイヤの跡が残っているように見えるが、ガラスの破片や車の部品らしきものは散らばっていない。片側一車線の道路が交わる交差点のどこを探しても、パトカーや事故処理車は見当たらなかった。信号だけが規則的に、青、黄、赤の明滅を繰り返している。

どういうことだ……やはり、運転手は自分を轢いてそのまま逃げてしまったということなのだろうか。狐につままれたような感覚。ふと、歩行者用信号の押しボタンの上に何かが巻き付けられていることに気づいて、藍原は目をこらした。Ａ４サイズのコピー用紙を透明なフィルムに入れた、簡素な貼り紙だ。特徴のないフォントでこう書かれている。

二〇二×年七月十六日　深夜一時（十五日二十五時）ごろ、この交差点で歩行者が轢き逃げされた事故について、目撃された方はお知らせください。

鬼京市中央警察署　****_***_****

足から力が抜ける。引いていく血を抑えるようにして、藍原は額に手をやった。七月十六日、深夜一時、だって？

十五日から日付が変わったばかりのころ。それは確かに、藍原自身が事故に遭った日時に違いなかった。

貼り紙はかなり簡素なものだ。事故が起きてすぐ、ほんの一、二時間前に、警察が用意してくれたということなのだろうか。

警察に通報したのは運転手なのか？　それとも、誰かほかの目撃者か？　けれど、自分は救助をされずここにいる。轢かれた人間が行方不明になっているのであれば、周辺で警察がまだ捜索を続けていてもおかしくないのに？

頭の中がぐちゃぐちゃになって、藍原は胸に手を当てた。深呼吸だ。まずは体の反応を落ち着けることが、心を鎮めることになる。吸って、吐いて、吸って。あいかわらず〝偽物〟にしか感じられない呼吸を繰り返し、胸元のシャツをぎゅっと握りしめた。極度の緊張のせいか――鼓動が早くなって――。

鼓動。

藍原は指の力を抜いた。心臓の動きは不随意運動だ。普段は誰もが、その音や動きを気にすることなく生活しているだろう。だが恐怖を感じた時は別だ。鼓動が早くなっていることくらいは、胸に手を当てなくともわかる。

しかし、ない。その感覚がない。藍原の心はこれほどまでに追い詰められているのに、心臓は、ぴくりとも、動く気配がなかった。

震える指を上げ、手首に当てる。指の角度を変えても、位置を変えても、拍動が皮膚に伝わってくることはなかった。体温もない。麻酔の効いた皮膚に棒を押し当てられているような、軽い違和感があるだけだ。

心臓の停止。呼吸の停止。

ありえないこと、理解の及ばないことが、自分の身に起きている。

俺は――今ここにいる俺は、確かに死んでいるんだ！

幽霊？　馬鹿な。あるいは、夢か？　それにしては意識がはっきりしすぎている。呼吸も鼓動も、自分が感じられない理由があるだけで、正しく機能しているのだろう。いや、いいや、違う！　自分の体のことくらい、自分が一番よく知っている。俺の心臓は、もう動いていない。肺は酸素を取り入れず、全身を巡る血はその流れを止めてしまっている。なのに、俺はこうして意識を保って、自分自身の足で歩いているんだ。なぜかって？　わからない。俺にもさっぱり理由がわからない！

けれど、けれど――今は病院に駆け込んではいけない気がする。警察を頼ってはならない気がしている。それどころか、人に見られてさえ、この不安定な状態の体が崩れ去ってしまうように思うのだ。家にも帰れない。家にいれば、いずれ誰かが……俺を心配した親友が、捜しに来てしまうだろうから。

ならば、どこへ行く？

藍原は汗のにじまない額を拭って、どこへともなく視線を投げた。あの時渡ろうとしていた歩行者用信号が青になっている。

何かに導かれるようにして、ふらふらと歩き出す。横断歩道を渡りきってからは、自宅マンションとは逆の方角へと足を向けていた。この街に住んで四ヶ月ほどになるが、まだ来たことのない界隈だ。庭付きの小さな戸建てが並び、シャッターを閉めた個人の店らしきものが点在している。誰もいない。住宅の窓からは光さえ漏れてこない。自分以外の人間が、みんな死に絶えてしまったかのような光景。いや、死んでいるのは俺のほうなのか。

悪寒を覚え、藍原は自らの二の腕を強く摑(つか)む。炭化したジャケットの表面が、がさがさと不快な音を立てた。誰か、助けてくれ。俺はいったい――どうすればいい――。

不意に、視界がぼんやりと明るくなった。

藍原は顔を上げる。闇に沈む景色の一角に、青白く浮かび上がっているものが目に入る。看板だ。民家の塀に掲げられた看板が、白熱球らしい光で照らされているのだ。

歩み寄ってそれを読む。賞状ほどのサイズの板に、簡素な文字が書かれている。

屍人探偵社

しにん――しじんたんていしゃ、だろうか？　黒い文字からそれ以上のことは読み取れない。看板が掲げられている塀は高く瀟洒(しょうしゃ)な作りをしていて、かなりの年季を感じさせる。

藍原は門の奥の屋敷を見上げる。洋館だ。尖った屋根に半円を描くバルコニー。街灯と月の明かりだけではよくわからないが、すごく古いもののような気がする。明治から大正にかけて建てられたものではないだろうか。こちらに面した窓にはすべて明かりが灯っていた。青白く無機質な光だ。けれど、光であることに違いはない。誰かがここにいる。門は開かれていて、看板の「探偵社」という文字は……自分のような、行き場のない人間を招いているような気がした。

藍原は足を踏み出していた。雑草が茂るアプローチを歩いて、敷地の奥へと入っていく。玄関扉の前で足を止めた。呼び鈴はない。ドアに取り付けられたノッカーには、魔物の首のような意匠がほどこされていた。

ノッカーで二度、扉を叩く。応答はない。間を置いて再度叩いてみる。それでも、家の中から誰かが出てくる気配はみじんも感じられなかった。

藍原はドアノブに手をかけた。ぎい、といかにも幽霊屋敷らしい音を立てて、重いドアが開く。

「すみません」

声をかけるが、やはり返事はない。ドアから体を滑り込ませて、藍原はもう一度声を張り上げてみた。

「すみません！　表の看板を見て、お邪魔したのですが——」

ここは玄関ホールだろうか？　天井が高く、吊り下げられた照明には明かりが灯っている。足下に巨大なラグが敷かれていて、家具はほとんど置かれていない。それに、どうやら土足で中まで入っていくようだ。洋風なのは家の作りだけではないということなのか。

「どなたかいらっしゃいますか？　突然ですみませんが——お話を聞いていただきたくて——」

「いないよ！」

声が響き渡った。高いような、低いような。怒っているような、笑っているような、作り物めいた声。

「あの……いらっしゃるん、ですか？」

「だからいないって！　きみ、今こう言っただろ？『いないならいないって返事してください』って、ね。言ってないか。まあいいや。とにかく、僕はここにいないってことにしたいからいないと言ったまでだよ」

妙な屁理屈だ。眉根を寄せ、藍原は足を踏み出す。声は向かって正面、重々しい両開きの扉の奥から聞こえていた。

「冗談はやめてください。俺、表の看板を見てここに入らせてもらったんです。『探偵社』って書いてあったから」

「ふうん。探偵社、って書いてあったから、なんなの？　連続殺人の犯人捜し？　因習村の調査？　猫捜しとか、犬捜しの類いはやってないよ。僕、毛むくじゃらのものって駄目なんだよね。アレルギーってやつ。行方不明者の捜索っていうのかな、人間を捜したいんなら、よそへどうぞ。ほら、人間は飛行機とか使うじゃないか。あっちこっち行ってさ、面倒くさいったらないの。だから引き受けないよ。素行調査なんかも駄目。なんでって？　単純に、興味がないからさ！」

早く、よどみなくまくし立てられる言葉に、藍原は思わず声を詰まらせる。なんだ、こいつの口調は？　おそらくは男なのだろうが、声質は低いのに、高い音を無理なく出しているというか——ホラーゲームに出てくるピエロが出しそうな声、とでも言ったらいいのだろうか。とにかく神経を逆撫でするような声だ。明らかに〝いる〟のに、不在を装うような応答も気に障る。藍原は大股に扉へ歩み寄り、わざと音を立ててノブを摑んだ。板を隔てた向こうにいる相手が、ひゅっ、と口笛を吹く気配がする。

「あ、これだけ言ってるのに開けちゃうんだ？　きみ、行間を読むタイプのテストとか苦手だったほうでしょ。『彼女は視線を伏せて、「もういっしょにはいられない」と言いました。なぜでしょう？』。答え、単純に主人公が嫌いだったから！　ね？　直接言われてなくても、言葉を聞いてりゃわかる相手の気持ちってものがあるんだよ、知ってる？　もうちょっとヒントをあげると、僕、今ミルクティーを淹れたところなんだよね。寝る前の、ちょっとぬるくて甘めのやつ。ついでに言うとナイトキャップもかぶってる。

今の僕の姿を見たら、面の皮が五センチくらいありそうなきみでも、『ああおやすみのところでしたか、それでは失礼します』って退散していくって賭けてもいいよ」

　早口にまくし立てられる言葉。頭の裏で、いらっという音が響いた気がした。

「そうですか。それじゃあ、自分の目で確認してから退散するとしますよ！」

　ノブを回し、藍原は扉を一気に押し開ける。玄関ホールよりも暗い照明、立ちこめる独特の芳香に、めまいに似たものを覚えた。花の香りというのか、線香の香りというのか。それに、この揺らめく明かりはランプだろうか。ぼやっとした橙色（だいだいいろ）の光の中に、巨大なソファ、いや、寝台のようなものが浮かび上がって見える。

「びっくりした。きみ、開けてはいけない禁断の箱を託されて、でも開けちゃって、人類を滅ぼしちゃうタイプの人間だろ」

　寝台の上で身を伸ばしていたのは、声のとおりに妙な男だった。ナイトキャップではなく、円筒形が潰れたような紺色の帽子をかぶって、不機嫌そうに下唇を突き出している。端整な顔立ちをしているが、皮膚の色はほとんど灰色で、目の下には濃い隈（くま）が浮かんでいた。唇は何かを塗ったのかと思うほど紫、いや、黒に近い色だ。

　男の帽子の両脇から覗く髪を見て、藍原は身震いする。これは髪、なのか？　すり切れた布のようにも、蜘蛛（くも）の巣のようにも見える。男はどう見ても二十代くらいなのに、髪は雪のように真っ白なのだ。

「開けちゃいけないものを開けたら、良くないものが出てくるってのがお約束なのさ。ご覧のとおりほら、きみは不機嫌な僕を目にすることになっただろ？　僕の忠告を無視して扉を開けたきみには、地味な災いが降り注ぎますように。玄関のドアを開けたら、でっかい蜘蛛がいつも死んでるとかね」

「――寝る前だった、ようには見えませんけどね」

相手の妙な雰囲気に圧倒されながら、藍原は努めて強い声を出す。男の帽子に空いた穴から虫のようなものが這い出てきた気がして、そっと視線を外した。

「着替えたんだよ！　きみがノブに手をかけた瞬間から、こいつは開けるなって予感がしてね。ナイトキャップとガウンを脱ぎ捨てて、シルクハットをかぶったいつものおしゃれな僕。銀色のアスコットタイと、カブトムシみたいなつやつやの革靴もかわいいだろ？　これが屍人探偵・烏丸白檀の正装ってわけさ。胸のブローチ？　ああ、これは昔の依頼人にもらったやつ。墓石をモチーフにしてるとか、僕とハロウィンでいかれてるやつ以外に誰がつけるんだって話だよな」

「からすま、びゃくだん？」

大仰な名前だ。何がおかしいのか、烏丸と名乗った男は腹を抱えて笑い始める。

「そう、烏丸白檀！　名は体を表すっていうけどさ、笑っちゃうよね、これ本名ってわけ！　で、きみは——ぴかぴかの目、いかにも鍛えてますって感じの体、ご飯をもりもり食べて無駄におっきくなっちゃった身の丈。ううん、この雰囲気だときっと『独活大木』って感じの名前かなあ。そうだろ、決まり。大木くん、って言いにくいからさ。独活くんって呼んじゃっていいかな」

「んなわけないでしょう。藍原剛力。藍色の藍に原っぱ、金剛の剛に力でごうりき、ですよ」

「ごうりき？」

先ほどの藍原の反応をまねた口調で、烏丸が目を丸くする。いちいち気に障る男だ。

「いい名前！　名は体を表すというか、もうきみ自身が名前に寄っていってるじゃん！ゴーリキ、って響きもすごくいい。あだ名はゴーリキくんで決まりだな、よし」

本名そのものの呼び名はあだ名というのか？　眉間のしわを深くする藍原に、烏丸は微笑みかける。美しい三日月型になった口元を見て、藍原は背に冷たいものを感じた。

なんだろう、この男は。くるくると変わる表情と声がとにかく不気味だ。

「それで、ゴーリキくんは」

烏丸は体の向きを変え、サイドテーブルに置いてあったティーカップを手にとった。

どうやら、ミルクティーを淹れていたという話は本当だったらしい。寝る前に使うカップにしては、豪華すぎるような気もするが。窓を覆う緋色（ひいろ）のカーテンに紫色の壁紙といい、すべてがちぐはぐであるような気がしてくる。

「『探偵社』という看板を見て、僕の寝室に侵入してきたというわけだろ。困りごとのない人間は、『探偵』なんて言葉に救いを求めない。じゃあ、きみの事情は何かなって話だ。あ、人を殺したんなら先に言っておいてね。僕、人殺しの手助けだけはしないからさ」

「――違う。殺したんじゃない」

思わず言葉が漏れていた。焼けたジャケットの襟をかき合わせ、藍原は続ける。

「殺されたんだよ。車に轢かれて、気がついたら死んでたんだ」

烏丸は丸い目をますます丸くし、唇を引き結んだ。

寝台から立ち上がり、藍原のほうへと近寄ってくる。足音を立てない、蜘蛛のような歩みだ。顔を近づけて藍原の目を、耳を、手を、胸を、足を、余すところなく眺める。それから自然な動作で藍原の胸に耳を当て、顔全体を大仰にゆがめてみせた。

なんとなく抵抗することができず、藍原はその場に立ち尽くす。冷たくて硬い耳だ。石膏（せっこう）か、陶磁器のような。これほど接近しているのに、烏丸の体からは息づかいや鼓動といったものが感じられなかった――いや、これは――自分も同じ、か？

藍原は額を拭う。汗の流れる幻覚だけがそこにあるようで、居心地が悪い。

「ふむ。ふむふむふむ。きみがそうなら話は別だ。ちゃんと話を聞いてあげようじゃないか。これはやっぱり〝お導き〟ってやつなのかねえ。僕には誰がこのくそったれな世界の偶然性とやらを支配しているのか、さっぱりわからないんだけどさ」

「なあ……あんた、何言ってるかわからないんだけどさ。本気にしないでくれよ。車に轢かれて〝死んだ〟かも、ってのは、ただのたとえだ。けれど、打ち所が悪かったのか、自分じゃ脈や鼓動が感じられなくなってるんだよ。脳のどこかの領域が麻痺してるのかもしれない。そうだろ？」

藍原はまた眉根を寄せる。努めて明るい声を出そうとしたが、息に震えが混ざってしまった。

ああ、そうだよ、と言ってくれ。医者でも友人でもないあんたが、ここで偶然出会っただけのあんたが、俺の〝生〟を証明してくれ。ちゃんと心臓は動いているし、体も温かいよと。こいつはふざけた男だが、深刻な嘘は言わなそうな目をしている。たったひとことでいい。きみは生きた人間で、ちゃんと息をしているよと――他人が――。

「いいや。きみは死んでるよ。心臓は止まっているし、体はちっとも温かくない。それにさっきから、汗のひとつだってかいてないじゃないか。こんな妙な屋敷で、妙な男に出会ったっていうのにさ」

喉が詰まる心地がする。烏丸の突き放したような物言いが、遠くから響いてくるように聞こえる。

藍原はわずかに後ずさった。体を離した烏丸が、首を妙な角度に曲げたままでこちらを見つめている。

心臓、肺、脳。そのいずれかの完全なる停止。生命機能の終わり。そんなはずはない。そんな馬鹿なことがあるものか！　自分はここに自分の足で立っていて、自分の目で見て、自分の頭で考えている。この肉体が死んでいるというのなら、いったい俺はなんだというのだろうか？

「きみ、言ってほしかったんでしょ？　『大丈夫、そんな気がするだけで、きみはちゃんと生きてるよ』って。でも残念。同じだよ、きみは。僕と同じ『屍人』になっちゃったんだ。ご愁傷様！　そして、おめでとう。よっぽど腑に落ちない死に方をしたんだろうけど、幸運なクジも引き当ててるからさ。きみはちゃんと僕のもとに迷い込んできたんだ。僕は迷える子羊を救う善人だけれど、あいにく身はひとつ、すべての仲間を救ってあげられるわけじゃない。けれど、足元で泣いてる羊は追い返さないさ。それが屍人探偵、烏丸白檀の矜持だからね」

「しじん——あんたは、何を——」

看板に書かれていた文字を思い出し、藍原はまた一歩後ずさる。烏丸は白い手袋をした手を胸の前で組み合わせ、じわりと距離を詰めてきた。

「屍人を救うから、屍人探偵。そしてまた自分自身も屍人であるから、屍人探偵。わかりやすいだろ？」

藍原はかぶりを振った。烏丸の氷のような皮膚を思い出し、悪寒を覚えていた。

「わかるよ。みんなはじめはこう言うんだ。『死んでるのに動き回れるってどういうことだ？　じゃあ俺は幽霊になったのか？』ってね。違う。体から魂が離れたとか、そんなファンタジックなもんじゃない。屍人は、文字どおり屍の人間なんだよ。ウォーキングデッド。体は死んでいるのに、歩くし、話すし、考える。きみみたいに子鹿のごとく震えたりもする。けれどね、まったくもって当然のこと、これは正常な状態じゃないんだ。生と死の世界、その狭間で宙ぶらりんの状態なんだって言えばいいかな。山の頂点にボールがあって、そのどちらにも転がろうとしている。ボールは不安定だ。少しのトリガーで、死のほうに転がっていってしまう。きみ死んでるんじゃないか？　と言われたら最後、肉体は腐敗を始め、今度こそ真の肉体の死を迎えるだろうね。だから屍人は医者なんかを嫌う。聴診器を胸に当てられて、きみ死んでるじゃん！　なんて言われたら、大騒ぎになるからね。警察なんかもそうかなあ。ちょっとでも疑われることを嫌うんだよ、僕らってさ。なにせ世界の法則から見逃されているみたいなもんなんだし」

「……なんとなく、病院や警察に行きたくなかったのは、そういうことか」

「ちなみに、僕がきみの状態を確認するぶんには問題がない。屍人は屍人にしかその存在を認めてもらえないのさ。仲間は屍人しかいない。その屍人にだって、巡り合えるとは限らない。だからきみは幸運だと言ってるんだよ。あとは、まあ、屍人から生者として復活した人間に出会っても大丈夫な感じかな。そもそも、そういうやつは数が少ないから考えなくてもいいと思うけど」

藍原は目を伏せる。自分も医療に関わるもののはしくれだ。人が死亡を宣告されるとはどういうことか、学生の身でもわかったつもりでいる。光を当てても瞳孔が収縮しない。そもそも心音が聞こえない。今の状態の藍原を医者が診たら、どのような診断が下るのだろうか。おそらく藍原は烏丸の言う〝真の肉体の死〟を迎え、その場に倒れるのだろう。医者がその後のことをどう処理するのか、想像もつかない。

「これまでに『屍人』なる現象が記録されていないことが、いい証拠になってるかな。屍人たちは徹底してそういう場所を避けようとする。だから、風邪のひとつも引けないし、コンタクトレンズだって作りに行けやしない。まあ屍人になってこのかた、咳どころか涙の一滴も出たことはないんだけどさ！」

　あはは、と笑う烏丸の顔を、藍原はしばらく見つめた。黒々とした瞳は、光をただ無反応に反射しているようにも見える。

「あんたは？」

「え？」

「あんたも、屍人ってやつなんだろう。いつからそういう状態になってるんだ？　あんたはどういう経緯で、ここにいる？」

「うーん、どこから話せばいいかな。忘れもしない、あれは僕がいとけない少年だった時……やっぱいいや。長いし。とにかく僕が屍人としては先輩で、きみが後輩。それだけでいいじゃないか。そして僕は確実に、きみよりも屍人という状態のものに関して多くの情報を持っている。ありていに言えば、どうすればきみが生のほうへと転がって、どうすれば死のほうへと転落してしまうか、そのノウハウをよく知ってるってわけだ。死のほうに転落するきっかけは、もう確かめただろ？　専門的な知識のある人間に接触するのは危険だってね。じゃあもっと接触してはいけない相手は誰でしょう？　はいここで問題！　見事正解したら、南国のリゾートにでもご招待しようかな」

マイクを突き出すような仕草をされて、藍原は動揺する。ふざけたやつだ——だが、話している内容に嘘はない。

考える。自分があの時感じたもうひとつの恐怖を、懸命に思い起こす。『屍人』として目覚めたばかりの自分は、誰かに見られることを恐れていた。そのあたりにいる他人としての誰かではなく、自分にとって特別な〝誰か〟に。

「親友、あるいは家族か。なんとなく、そういう相手に会うのが怖かったんだよ。親しい相手をだまし続けるのは難しい……いや、親しい相手ほど一目で俺の〝異常な状態〟に気づいてしまうからか」

上がり気味の語尾で答えた藍原に向かって、烏丸が嬉しそうに両手を叩く。どうやら南国に招待されるらしい。

「正解！　ゴーリキくん、見た目に反して頭の回転は速いじゃないか。なんかさあ、仲がよければいいほど『あれ、なんか変じゃない？』って気づくみたいなんだよね。違和感持たれて、心臓の音なんか確かめられたらアウトだよ。『愛(いと)しい人に会いに行きます！』って恋人の家に突撃していってそこで死ぬ、っていう迷惑なやつを飽きるほど見てきたもん、僕。まあ鈍いやつは気づかないかもしれないけど、それでも接触を避けたほうがいいことには変わりない。悲しいし、意地悪なもんだよね。神のお目こぼしみたいな感じでこの世にとどまってるのにさ、大事な家族や友達と話すこともできないんだぜ、屍人ってやつは。もちろん学校も行けない。この状態のまま元の生活に戻ろうとしたら、すべてがパアだ」

藍原は唇を嚙む。信じがたい。不可解だ。だが自分は確かに、死んでいるのにこの世をさまよう『屍人』というやつになって、宙ぶらりんの状態でここにいる。生に転がるか、死に転がるかはこれからの行動次第。自分の直感と烏丸の言うことを信じるなら、病院や警察、友人、家族には頼れないことになる。だとすれば。

「つまり、本当に〝死んで〟しまう前に――俺自身が、〝生きる〟ほうに転がるトリガーを引かなきゃいけないってことか」

「そういうこと。でも、簡単じゃないよ」

烏丸は両手をひらひらさせ、どこからともなく白と黒のボールを取り出してきた。片方にひとつずつボールを乗せて、器用に目を動かす。

「さっきも言ったように、死のほうに転がるのはとても簡単。病院か友人の家に行って、『死んでる！』って言ってもらえばいい。たちまち本物の死人デビューだ。おめでとう」

右手に乗せていた黒のボールを、烏丸は床に落とす。ボールは壁に掛けられた巨大な鏡の下まで転がっていった。

「で、生のほうに転がるにはどうすればいいか。これがまたやっかいでね、非常に難しい条件なんだよ。愚鈍な人間ひとりじゃ無理。だからこそ、僕はここでこうして探偵の看板を出してるってわけさ。これまた不思議なものだけど、屍人同士は惹かれ合うんだ。これまでだって何百人も、生と死の狭間に落ちた人間が僕の家の扉をノックしてきた。すっごく遠くからでも歩いてくるんだよ、彼ら。行き場がなくてさまよっているうちに、自然とここに吸い寄せられてくるのさ、明かりに集まる夜の蛾みたいにね。そして、無事に〝生〟のほうに転がることができたのは――そのうちの三十人くらいってとこかな。十分の一くらい？　まあいいや！　それだけ狭き門ってことさ。きみのその育ちすぎの図体で、果たしてこの絶望の門をくぐることはできるかな？」

「余計なおしゃべりはいい。その〝生に転がる〟条件ってやつを教えてくれよ」

烏丸はまた三日月のような笑みを浮かべる。白いボールを藍原の手に渡しながら、低い声で言い放った。

「きみが死んだ原因を突き止めること。そしてきみを殺した人間を、その口で糾弾することだ」

藍原は身を硬くする。首をほとんど直角に曲げた烏丸がさらに続ける。

「『屍人』になる人間は、みんな人の手によって命を奪われたものたちだ。直接的にせよ、間接的にせよ。その死には人為的なものが介入してるってこと。未練っていうの？　いきなり殺されたことがあまりにも無念で、わけがわからなくて、この世にとどまっちゃったりするんだろうね。だから、探す。自分が死んだ原因を、そしてそれを引き起こした人間を探し出して、追い詰める。糾弾するのはどうやったっていいんだよ。逆にそいつを殺してやるもよし、生きたまま箱に詰めて、警察に送ってやるもよし。とにかく、屍人になったきみが〝復讐〟を遂げたと思った時点で勝ちだ。きみの心臓は動き出し、肺は空気を取り込み、不思議と――致命傷となった傷も癒えている。きみはそのまま日常に戻って、生の奇跡に感謝しながら生きればいい。その一方で、きみを殺した人間は地獄行き。いろんな意味でね。難しいけど、魅力的な条件だろ？　復讐と復活、そのふたつを一気に済ませることができるんだからさ」

「いや――待て、それは――」

藍原はかぶりを振る。殺人？　復讐？　確かに自分は車に轢かれて、それが原因で命を落とすことになった。あの丸メガネのドライバーには、大きな過失があったと言えるだろう。けれど、それは殺人であると言えるのだろうか？　糾弾、と言われても、藍原には理解しがたいものがある。殺人者を追い詰める。復讐を果たす。それでこの命が救われる、だって？

「難しいねえ、難しいよ！　きみが覚えてるのは〝命〟を失う直前、殺されるまでの記憶なんだからさ。中には誰に殺されたかはっきり見てる人もいるけど、そういう屍人ほど復讐を果たせなかったりするんだよね、不思議と。相手が見つからなかったりさ。けれど、きみはどうだ？　どこまで覚えてる？　わけもわからないまま、突然こんな暗闇に突き落とされたんじゃないのかい？　だったら、きみの背中を押した人間を捜すんだよ。当たり前の、愛おしい日常に戻るために。遠慮することはない。殺人者を捜してつるし上げるなら、僕が喜んで協力してあげる。きみはただ知っていること、覚えていることを僕に教えればいいんだ。さあ――さあ」

烏丸は手を差し伸べていた。手袋と袖の間から覗く灰色の皮膚に、藍原は今さらのように恐怖を覚える。

死んだ人間。殺された人間。烏丸はここで探偵を名乗って、同じような人間を何百人と迎え入れてきて……。殺人者を追い詰める、とこの男は言った。その口調も、その目も。

正気の沙汰であるとは思えない。

「……わかった。条件は、わかった」

藍原は大きく後ずさる。相手の手が届かない距離まで十分に下がってから、さらに言葉を放つ。

「だったらいい。あんたの助けは借りない。教えてくれてありがとう、だ」

「あ！　おおい待てよ、ゴリラくん！」

礼を失した呼び間違いには反応せず、藍原は体の向きを変えて走り出す。振り向かないように腕を振って、玄関ホール、アプローチを抜けて、敷地の外へ。そのまま住宅街を五ブロックほど走ったところで、ようやく振り返った。

不気味な男だった。屍人同士は惹かれ合うと言っていたが、あんな化け物の屋敷に飛び込んでしまうなんて。

殺人者を捜す、だって？　自分が死んだ原因だったら、自分で探してやる。そしてそれが自分以外の誰かをつるし上げ、痛めつけるものであるのなら、自分のほうが潔く〝生〟から身を引こう。

藍原は走った。来た道をひたすら戻り、前へ、前へと足を進めた。あの交差点が見えてくる。白々と明け始めた朝の空気には、濃い霧がかかっている。夜の闇よりも視界が悪い。明滅を繰り返す信号の明かりを頼りに、事故に遭った交差点を目指した。

轢かれた場所の対面に当たる位置で立ち止まり、藍原は事故に遭った地点を見つめる。塗り直されたばかりの横断歩道。銀色の歩行者用信号の柱。その陰に誰かがいる。黒いジャケットを着て、自分と同じくらいの背丈で——細身の——。打つはずのない鼓動が速くなった気がした。

藍原はとっさに、歩道の植え込みの陰に身を隠した。

（……鈴鹿？）

木陰からそっと顔を覗かせる。幸い、相手は藍原の姿に気づいていないようだ。

藍原はさらに目をこらす。やはり、鈴鹿涼也だ。看護学校に入ってから格別親しくしている友人。考えも家庭環境も違うが、妙に気が合って、授業でもプライベートでも長くいっしょにいた親友。

鈴鹿は視線を落とし、歩行者用信号の柱を見つめていた。いや、柱に貼られたあの貼り紙を見ているのだ。ひき逃げ事件の目撃者を募る貼り紙。細かい表情まではわからないが、その目がじっと文字を追っていることは見て取ることができる。

鈴鹿は貼り紙の文字を二、三度指でなぞり、それから固く拳を握った。しばらくうなだれたあと、くるりと向きを変えて歩き出してしまう。白いシャツの背中が、揺れながら遠ざかっていった。

鈴鹿の姿が見えなくなってから、藍原は立ち上がった。胸に手を当てる。うなだれる親友の姿を思い出す。

突然の事故だった。当然ながら、藍原の行方はわかっていないはずだ。今回は珍しく、鈴鹿といっしょには帰らなかった。あとから学校を出たはずの鈴鹿は、あの貼り紙を見て何を思ったのだろう。連絡が取れない藍原に、何か不穏なものを感じているだろうか。

　鈴鹿は藍原の身を案じている。実家で待っている母親もそうだ。彼らはやがて藍原からの連絡がないことを不審に思い始め、そして捜し始めるだろう。二日——三日。一年、二年、見つかるまでは何十年でも。

「あれきみのお友達かい、ゴーリキくん？　同じくらいの背丈でも、横幅が違うとずいぶん聡明に見えるもんだねえ」

　墓場に吹く風のようなにおいに、藍原は振り返った。烏丸が涼しい顔で立っている。藍原を追っておそらくは全速力で走ってきたはずなのに、帽子は妙な角度で頭に乗っかったままだ。

「……ああ、頭のいいやつだよ。思慮深くて、慎重で。俺にはもったいないくらいの友人だ」

　背を向け、藍原は答える。家族。友人。彼らのもとに帰りたいが、今は彼らを頼るわけにはいかない。

　ならば、どうする。ひとりで犯人を見つけられるのか。その前に自分を捜すものに見つかってしまうのではないか。彼らのもとにこのまま帰って、潔く死ぬのか？　いいや。友人に、母親に、もう一度会いたい。もう一度と言わず、生きていた状態で再会し、これからも彼らと生きていきたい。まだ、やりたいことだってたくさんあるのだから。

餅は餅屋、という。狭間の世界に落ちてしまったのなら、その谷底にいる化け物の力を借りるまでだ。

「俺は、またあいつと学校に行きたい。俺しか家族のいない母親も待ってる。どうすればいい？」

再び振り返った藍原に、烏丸は満面の笑みを見せた。

電線の上で様子をうかがっていた雀たちが、いっせいに飛び去って行った。


狭間の世界に落ちた人間にも、朝はやってくるものなのか。

霧の中から次第に輪郭を現す町並みを見ながら、藍原は不思議な思いを抱いていた。暗闇の中で唐突に命を落として、暗闇の中で『屍人』として目を覚まして。ずっと夜をさまよい続けるような気がしていたのに、自分は今、通い慣れた道を自らの足で歩いている。不気味で奇妙な男とともに。

「〝その瞬間〟に立ち戻るには、まず当時の足取りをたどることから……ってわけで、きみの平々凡々たる通学路を歩いてるけど、早朝の街ってなんでこんなに気持ちがいいんだろうね？　肺いっぱいに新鮮な空気が満ちる気がするよ。といっても、息なんてしてないけどさ。あはは、屍人ジョーク！」

藍原は笑わなかった。朝の街には人通りも車通りも戻り始めているが、奇天烈な格好をした烏丸と、その横に並んで歩く自分を注視するものはいない。〝見えてない〟わけではないが、意識には上っていないような、そんな反応だ。

「……ここで知り合いに会ったりしたら、どうなるんだ？」

藍原はフードを目深にかぶる。「さすがにその格好で歩くのは、ないでしょ」と烏丸が投げてよこした外套を燃えたジャケットの上に羽織っているのだが、布に染みついた香のかおりが強くて落ち着かない。屍人になっても、においや温度は感じるものなのかとぼんやり考えた。

「さあ？　きみのことをよっぽど心配してる人間に会って、どこで何してたんだ！　体は大丈夫なのか？　とか即確認されない限りは大丈夫なんじゃない？　他人に死亡を確認されると本当に死んじゃうとか言ったけどさ、僕にもその基準がよくわかってないんだよね。人間、とかいうけどじゃあ可愛がっている犬に気づかれたらどうなのか？　猫は？　魚は？　顔に棲み着いてるダニならアウト？　とかね。よくわかんない！」

「よくわかった。要は、〝何もかもわからない〟ってことだな」

屍人が本当に死亡するルールというものは、烏丸にとっても曖昧な部分があるらしい。

ひとまずは人との接触を避けておいたほうがいいだろう。

「あ、もうひとつ、確実に〝会っても大丈夫〟な相手がいるよ」

「誰だよ、それは」

「自分を殺した犯人ね。今までの屍人たちもそうだった。犯人に会って、『お前、死んだはずじゃ』とか言われても大丈夫なんだよ。これまた理屈は不明だけど、そもそも屍人っていう状態が、神様がくれた——いや、悪魔がくれたチャンスなのかもしれないね。自分を殺した相手を追い詰め、罰しろっていうさ」

チャンスなのか、呪いなのか。今の自分にはよくわからない。藍原は顔を伏せ、ただ機械的に足を動かし続けた。

整備された歩道を川沿いに進みながら、対岸へと続く橋を目指す。橋を渡り、大きな道路を渡れば、そこはもう鬼京市東部医療センターの巨大な敷地内だ。

あの日、自分は医療センターに隣接する看護学校から外に出て、橋を渡って、川沿いの道をしばらく歩いて……事故に遭った。ひとりで帰路についたのは久しぶりのことだ。

授業、学食での昼食。ちょっとした出来事。自習室での時間。すべてがいつもどおりの、変わらない一日であったのに。

「疲れた。もう飽きてきちゃった。ねえ何か面白い話してよ。きみの通学路、ほんとなんの変哲もなさすぎてつまらないんだもん。もっとこう、落とし穴とか、鉄球が落ちてくるとかさ、ないの？」

「俺のことマリオか何かかと思ってんのか？　橋を渡ったらすぐに学校だから、あと少し頑張れよ」

「やだやだ頑張れない。きみは象みたいに図体でかいからいいけどさ、僕は見てのとおり体力ないんだよ？　だって死んでるもん」

「〝死んでる〟のは俺も同じだろ。退屈なら、あんたの話でも聞かせてくれよ。過去に『屍人』の状態から復活した人がどんなことをやったか、とか、逆に失敗した例とかさ」

「えぇー……口を動かすのも面倒くさいんだけど。それなら、きみが何か話せばいいじゃない！　きみの生い立ちがどうで、どんな交友関係があって、そして当日、どんなふうにして事故に遭ったか。きみの死の真相を追い求めるには、ちゃんと聞いておかないといけない部分だと思うよ」

一理ある。あるからこそ腹が立つ。藍原はわざと大きく舌打ちをし、何から話すべきかを整理し始めた。片側二車線の橋にはひっきりなしに車が行き交っている。みんな生きて、いつもどおりの生活を送っているのだ。

「俺の名前は藍原剛力。来月で十九歳。Ｐ県のＱ町ってとこで生まれて、父親は俺が一歳の時にどこかへ行った。きょうだいはいない。Ｐ県の実家には、高校まで育ててくれた母親が今も住んでいる」

つい最近まで毎日いっしょにいた母親の顔、高校を卒業するまでに関わってきた人の顔がなぜか頭の中を駆け巡って、藍原はしばらく口をつぐむ。走馬灯というやつだろうか。烏丸はモスキート音のような鼻歌を歌いながら、すねを蹴り出す独特の動きで歩を進めていた。ちゃんと聞いているのだろうか。

「……で、小さいころから目指してた看護師になるために、今年の春に鬼京市東部医療センター付属の看護学校に入った。この付属学校だと、卒業後にそのまま医療センターに就職するのも簡単だ。道をはっきりさせておいて、母親を安心させたかったんだよ」

「おや、親孝行。泣けちゃうね」

烏丸があさってのほうを向いたまま言う。橋を渡りきったところで、医療センター前の巨大な丁字路が見えてきた。

「とりたてて褒められることでもねえよ。母親は俺に実家にいてほしかったみたいだけど、結局家を出て一人暮らしをしてるしな」

「ふうん。で、どうして医療従事者を目指そうなんて思ったの？」

唐突な質問だ。赤信号で律儀に立ち止まる烏丸を横目に見て、藍原は返す。

「――人の命を、救いたかったから」

目の前の道路を、新車を満載したカーキャリアが通り過ぎていった。その走行音のおかげでよく聞こえなかったが、烏丸はどうやら声を上げて笑ったらしい。藍原はその顔を睨みつける。道化た、としか言いようのない表情をした烏丸が、何度も首を縦に振る。

「人の命を助けたい、うん！　結構じゃないか。単純にして最も尊く、最も原始的な願いと言ってもいいだろう。でも、運命って残酷で皮肉。そんな尊い願いを持ったきみが、むごたらしく殺されて地上をさまよっているなんてね。かわいそ。正しく因果が巡るのなら、きみにひときわ大きな幸運の星が降り注いでもいいのにさ」

「殺されたって、あんま言うなよ。そもそも事故なら、相手にそこまでの悪意があったとも限らないだろ」

「いいや、きみは殺されてるよ。はっきりした悪意を持ってね。そうじゃなければ僕のところには来ないから」

歩行者用信号が青になる。烏丸の静かな声、森の泉のように静まりかえった表情を見て、藍原の鼓動が速くなった——心地がした。動揺をごまかすように足を踏み出す。横断歩道を渡りきればすぐに医療センターの正面入り口だ。看護学校の正門はこの裏手にある。

また鼻歌を歌いながら、烏丸は藍原のすぐあとをついてきた。愉快そうに、相変わらずのふざけた足取りで。

「殺されてるよ。はっきりした悪意を持ってね」。その言葉が藍原の胸を圧迫する。事故であったとはいえ、あの車のドライバーは間違いなく自分の命を奪ったのだ。だが、それは果たして悪意を持った殺人と言えるのだろうか？

「……昨日に限って、俺、ひとりだったんだ」

歩道に着いてから立ち止まり、藍原は言葉を漏らす。医療センター前の駐車場へは、送迎の車やタクシーがひっきりなしに出入りしていた。救急車の音が近づいてくる。朝も昼も夜も、この巨大な命の要塞は休むことがない。

「いつもは連れと帰ってるんだよ。鈴鹿涼也ってやつ。地元出身で、確かじいちゃんばあちゃん、それに両親と実家暮らしだ。俺のマンションと鈴鹿の実家は近所だし、入学した時からずっとつるんでるやつでさ。俺とはぜんぜん性格が違うけど、なんかいっしょにいて楽だし、面白いんだ」

「あ、わかっちゃった。そいつが犯人だ。今日はいっしょに帰らないとかなんとか言っておいて、それからふらふら歩いてるきみを車でどーん！　違う？」

「合ってるわけねえだろ！　俺も鈴鹿も、そもそも免許自体持ってねえからな。恨まれる覚えもねえし」

ふざけるのは態度と顔と言動だけにしろ。藍原は眉間に強くしわを寄せる。

「入学して以来の親友だって言っただろ。まともにケンカもしたこともないんだぜ」

「ケンカしたことない？　ほんとに？」

「…………」

「あ、珍しく黙っちゃった。いいじゃんいいじゃん、ケンカのひとつもしない友達なんて、ほんとの友達とは言えないよ。殺し合いくらいしてこその親友じゃない？　血降って地固まる。黄色い空をバックに棍棒(こんぼう)で殴り合い、ってね」

まくし立てる烏丸を横目で睨んで、藍原は再び歩き始める。いかれた帽子男も間を置かずについてきた。ケンカ、か。しなかった――といえば嘘になるのだろうか。

「言っただろ。俺とは正反対の性格だって。午前の哲学の授業で討論があったんだよ。トロッコ問題みたいなやつで、ひとりを助けるかひとりの犠牲を出して大勢を助けるか考えよ、ってやつ。鈴鹿は犠牲が出る前提で論を進めてた。俺はひとりも死なせない方法を考えてた。お互いの意見をぶつけて、議論して、授業が終わった。それだけだよ。そのあとは普通に昼メシ食いに行ったし」

「へえ、哲学の授業とかもやるもんなんだねえ」

「看護学校でも、基礎分野はいろいろやるんだよ。英語とか体育もな」

「いや、無知のきわみの〝人間〟が哲学なんてでっかくて重々しいお勉強をするのが単純にすごいやって思っててね。チャレンジャー！　だって僕たちって、なぜ人間は目玉焼きにケチャップをかけてしまうのか、という問いの本質にすら迫れないわけじゃん？」

「俺は醬油（しょうゆ）にマヨネーズ派だよ。別にいいだろ、一般教養なんだから」

　烏丸は目を丸くして、醬油にマヨネーズ……!?　とがたがた震えだした。ありえない、それならなぜ醬油単体にしない？　という声を背中で聞きながら、藍原は医療センターの正面をぐるりと回っていく。　長々と続くフェンス沿いの道を歩いて、今度は看護学校の正門を目指した。

「話がずれてんぞ。俺が昨日の夜どうやって事故に遭ったか、その足取りをたどるって目的だっただろ？」

「あ、それなんだけどさ。きみ、ずっと『昨日の夜、昨日の夜』って言ってるよね。僕のところに闖入してきた時はつまり、死にたてだったたってわけかい？」

「死にたてって言うなよ――ていうか、〝たて〟だったわけじゃねえよ、多分。交差点で信号待ちをしてる時に車に轢かれて、転がった衝撃で川に落ちたんだ。気がついた時には百メートルくらい下流の河原にいた。流されたんだろうな。起きた時にはジャケットも燃えてて、わけもわからずあんたの探偵社に迷い込んだってわけだ」

「そこで僕のティータイムを邪魔しに来たってわけね。で、聞くけど。その『轢かれた』日って何日だったんだい？」

「え？　七月、十五日――いや、十六日。十六日になったばっかりだ」

「だったら今日が十六日でないとおかしいじゃん！　ちなみにきみ今何月何日で、地球が何回回った日かわかってる？　シンキングタイムスタート。おわり。今日は七月十七日だよ。もうすぐ朝の九時かな？　きみが僕の家に突撃してきたのは十七日の夜明け前だった。つまり、きみはその河原で丸一日転がってたってことになるね」

「は――」

次の言葉が出てこない。時刻や日付を示すものをぐるりと探してから、藍原はフードの中の頭を掻き回した。傷が乾いてかさぶたになっていたのか、赤褐色の欠片がぽろぽろと落ちる。

「え、いや、待て。じゃあ俺はあの河原で二十四時間以上転がってたってことか？　事故に遭って、それから誰にも発見されずに？」

「まあ、普通にありえるんじゃない？」

川のある方角を見やって、烏丸は肩をすくめる。にこっ、と笑って続けた。

「この時期は草ぼうぼうだしさ。何か落ちててもすぐには見つからないよ。もっと探せば、人の手首のふたつや三つ見つかるかも！」

不謹慎きわまりない物言いだが、烏丸の言うことは一理ある。登古世川の河川敷は整備されていない草むらになっていて、散歩やジョギングなどで近寄る人は皆無だ。地形の問題もあるのか、上流から流れてきた動物の死体などがよく打ち上げられて、気づかれないまま腐臭を放っていたりするらしい。人間の死体が見つかったという噂も聞いたことがある。帰宅途中に発作を起こして倒れた人で、河川敷に転がっていってしまったために発見が遅れたのだとか。

藍原は両手を見つめた。放置されていたのか。あの夏の夜に、虫と雑草が湧き放題のあの河川敷で。自分が本当に〝死んで〟いたなら、すでに腐敗も始まっていたかもしれない。

確かに、納得できる部分はある――目撃者を募る貼り紙は、事故のあと一、二時間後に作られたものではなく、少し間を置いてから用意されたものであったのだろう。

「まあまあ、孤独な自分を哀れむのはいいけどさ、重要な情報を早めに共有できてよかったじゃん！　人間万事塞翁が馬、元気出しなよ」

「それはそうとしてそんな嬉しそうにするんじゃねえよ——というか、日付ってそんなに重要な情報なのか？」

「もちろん。一日あれば、できることもいろいろあるってことさ」

何を、とも、誰が、とも言わず、烏丸はぐるんと頭の向きを変える。視線の先には藍原の通う看護学校の正門があった。

『鬼京市東部医療センター付属看護学校』。ここがゴーリキくんの学校？　うわあ、素敵！　監獄みたいな建物」

「当たり前だろ、学校なんだから。いたって普通の建物だよ」

誰かに死亡を確認されれば、ボールは〝死〟へと転がる——烏丸の言葉を思い出して、藍原は焼けたジャケットのフードをまた目深にかぶりなおす。真っ白な顔色を隠すくらいはできるだろう。

「わ、若い人間がどんどん吸い込まれていく。みんな屍人よりよっぽど死人みたいな顔してるね」

うふふ、と声を漏らす烏丸は、どことなく嬉しそうだ。みんな夜遅くまで実習に励んだり机に向かったりしてるから寝不足なんだよ――とフォローを入れる気にもならず、藍原は塀に沿って歩を進めた。角を曲がる直前で足を止めて、建物の三階を見上げる。

「あれが北東のN302教室。十五日の朝は一限から授業が詰まってて、八時四十五分にはあの教室に入った。鈴鹿がその五分後くらいに来て、いつもどおり隣に座ったよ。医療英語の時間だった」

「へえ、あっついのに朝からがりがり勉強してばっかりってことか。きみたちも一応学生だろ？　あれはないのかい、サマーバケーションってやつ」

「うちの学校は八月はじめから、九月の初旬まで。だから今はみんな忙しい時期だよ」

「なんで？」

「なんでって――テストだよ。小テストは毎週のようにやってるけどな、前期末に科目ごとの試験がどかっとあるんだよ。落としたらやりなおしだぜ」

「ひゃあ！　ぞっとする響きだなあ。一生夢に見るトラウマものの時期じゃないか」

まあな、と答えつつ、藍原は烏丸の灰色の目を見ていた。なんというか、烏丸の感覚はいろいろと不思議なところがある。いつ屍人になったのかを本人は語らないが、本当の年齢は何歳くらいになるのだろうか。

「まあまあ、丁寧に説明してくれて助かるよ。えーと、メモしとこ。十五日の朝、授業。テストで忙しい、っと。で、英語のあとに例の哲学の授業ってやつがあったのかい？未解決の問題を人間の身で侃々諤々するっていう、あの魅力的な学問？」

洗濯機で回したような紙にミミズめいた文字を書く烏丸をしばらく見つめて、藍原はそっと視線をそらす。今度は一階のＥ１０４教室の窓に視線を投げた。

「ああ。それも鈴鹿と受けた。討論は六人のグループでやって、けっこう白熱したよ。俺も鈴鹿ととことんまで議論し合った」

同じ看護学校に通う身でも、朴訥に命を語るもの、あくまでも産業のひとつとして医療を扱わなければいけないと思うものなど、その考え方はさまざまだ。藍原が前者のタイプであることは言うまでもない。

「――でも、それは授業の中でのことだからな。終わったら鈴鹿と普通に声をかけ合って、いったん学校の敷地を出た。近くのラーメン屋に飯を食いに行ったんだよ。ほら」

振り返り、藍原は道路を挟んではす向かいにある店舗を指し示す。『龍神』。いかにも町中華といった雰囲気の店で、藍原も鈴鹿とともによく利用していた。もやしが山盛りになった豚骨醤油ラーメンがおいしいのだ。

「そこで俺は豚骨醤油もやし増しと、餃子を頼んで……」

「あっちょっと待ってそういう情報はどうでもいいかも。だってそこで豚骨醤油を頼もうと味噌を頼もうとさ、きみがその夜、車に轢かれるかどうかってのは関係ないじゃん？」

もっともだ。けれど、どことなく腹が立つのはなぜだろう。口をとがらせて藍原は返す。

「な、なんだよ。関係あるかもしれないだろ。俺が餃子を頼んだせいで餃子が売り切れて、食べられなかった客が俺を恨んで車で轢きに来た……なんて」

言っているうちに、顔が赤くなる心地がした。烏丸は笑わず、手に持っていたペンをくるりと回す。

「あー！　そういうのそういうの。僕がほしいのはそっちの情報かも。つまり、きみが醤油や豚骨を選んだってのは重要じゃない。事件に関わってくるのは、それが〝誰〟の〝何〟を引き出したかっていうことなんだよね。前言撤回。どうでもいい話なんてない。ちょっとでも関係あるかも、って思ったことは、どんどん言って」

「〝誰〟の〝何〟を引き出した、って？」

「人間、どこで恨まれるかわからないってことだよ。それこそ餃子ひとつで命を奪われるかもしれないんでしょ」

半分冗談のつもりで言ったのだが――そういうこともあるのだろうか。藍原はうつむき、小声で答えた。

「……じゃあ、馬鹿らしいかもしれないけど、聞いてくれ。俺、『人に感謝されるような人間になれ』って、母親にいつも言われてきたんだ」

ペンをくるくるさせていた烏丸が、ぴたりとその動きを止める。目の前の道路を行き交う車を見つめながら、藍原はさらに続けた。

「きれい事みたいな教えだろ。けど、思春期過ぎたらそういう素直な言葉のほうが真理かもなって思うこともあるんだよ。あの日も、『龍神』を出たらベビーカーを押したお母さんがいてさ。この辺は横断歩道も遠いし、わりと車通りもあるし、渡れなくて困ってて。俺、手伝いますって言って安全確認してさ、そのお母さんとベビーカーの赤ちゃんが道路渡るの手伝ったんだよ。そのお母さんは感謝してくれた。けど鈴鹿には軽く怒られてさ。いきなり知らないやつに声をかけられたら怖いだろ、とか、横断歩道のないところを渡ろうとしてたあの人が悪い、とか、いろいろ言われた。鈴鹿は賢いやつだよ。あいつが正しいって思うこともよくある。でも、困ってる時に誰にも助けてもらえなかったら、つらいだろ？」

烏丸はしばらく何も言わなかった。帽子を頭にかぶったままで一回転させてから、答える。

「まさにそう。助け合いこそ人間の本質だからね。だからこそ僕はあの場所に探偵社を構えているんだ」

蜘蛛の巣のような毛に隠されてはっきりとはわからなかったが、烏丸の目が一瞬、遠いところを見たような気がした。藍原は考える。こんな状態になって、もし烏丸に出会っていなければ――おそらく自分はその日の朝を待たずに死んでいただろうと思う。烏丸は、なぜさまよえる屍人たちを助けるようなことをしているのだろうか。

「なあ、あんたって……」

「あ、前からおぞましい集団がやってくる」

烏丸が大仰な仕草で正門の方角を指さす。鳥のさえずりのような話し声が聞こえて、四、五人の学生がぞろぞろと姿を現した。

「まずい！」

藍原は身をすくめた。フードを限界まで深くかぶり、烏丸に借りた外套の前をかき合わせて、塀のほうに顔を向ける。学生たちは奇抜な格好の烏丸や藍原のことを特に気にとめるでもなく、他愛ない世間話をしながら通り過ぎていった。何度か昼食を食べに行ったことのある男子がふたり。それに、教室でよく話をする女子が三人。もちろん、鈴鹿とは共通の知人だ。

「めーっちゃ楽しそうに歩いて行っちゃったね。あれはきみのお友達？」

「友達――だよ。同じ学校で、よく話もする。確実に、友達だ」

八の字に下がる眉、震える子猫を哀れむような視線。やめろ。烏丸が何を考えているかがよくわかって、藍原はかぶりを振った。

「そりゃ、いっしょに家でゲームしたりって感じの友達じゃねえよ。でも、連絡先も知ってるし、授業でも休み時間でもよく話をしたりする。夏休みにはみんなで出かけるかって計画もしてた」

「わあ、一番微妙な立ち位置！　でも、本当の友達ならきみがいなくなったことを心配するもんじゃないかな。ゴーリキくん昨日も今日も授業に来てないなあ、大丈夫かなあ、学校に来る途中にでかい鳥にでもさらわれたのかなあって。聞いたところ、彼らはぜんぜんそんな話題を出してなかったようだけど」

痛いところを突かれた。藍原もひそかに傷ついてはいたのだ。友人たちはほんとうに他愛ない話をするだけで、藍原を心配する言葉などひとつも口にしてはいなかったのだから。自分の身を案じる友人に顔を見られたら、「何かがおかしい」と感づかれてしまう。それは藍原の杞憂だったということなのか。

「……一日や二日学校を休んだくらいじゃ、『どうしたのかな。風邪かな』くらいにしか思わないだろ、普通。それに、心配してたってずっとその話をしてるわけでもない。世間話を普通にすることだってある。そうだろ？」

「そうなの？　僕には、何が普通で何が異常なのかよくわからないから」

藍原は眉根を寄せた。すべてが〝異常〟なこの状況で、何が普通なのかを考えるのは難しい。屍人になった人間は、知らぬ間に友人知人から忘れられてしまう存在なのだろうか？

「屍人になったからって、みんなが俺に関する記憶をなくすわけけじゃないんだろ？」

「もちろん！　そんな難しそうなこと起こるわけないじゃん」

「みんな、『あれ、あいつどこに行ったんだろう』くらいは思ってるってことか」

「そういうこと。でも、いなくなったことにすぐ気づいてもらえなかったり、ずっと気づいてもらえなかったりする人だっているよね。寂しいね」

「鈴鹿なら……」

「うん？」

藍原はフードを脱いだ。ほんの数時間前に見た光景、朝霧の中に佇む親友の姿を思い出す。

「鈴鹿はきっと俺を心配してる。通学路を捜したり、マンションに来たりしたかもしれない。もしかしたら、学校を通して俺の実家に連絡を入れてもらってるかもな。そういうやつなんだ、あいつは。仕事が早い」

「でもそのスズカくんは、きみがどうしていなくなってしまったのか、その原因を知らない。そしてスズカくんには、今のきみの状態を知らせるわけにもいかない。オーケー？　スズカくんがきみの死に感づいた瞬間、きみは本当に地獄の門を叩いてしまうんだからね」

天国じゃなくて地獄の門なのかよ――という言葉を飲み込んで、藍原は頷く。たとえどれほど親しい相手であっても、今は頼ることができないのだ。

「だから俺自身が犯人を見つけなきゃいけないってことだ。そうだろ？」

「きみと僕で、ね。それで？　十五日の昼にきみとスズカくんがお昼ご飯を食べて、きみが帰宅途中――十六日になったばかりの夜に事故に遭うまで、けっこうな時間がある。きみはそれまで何をしていたんだい？　〝考える場所〟の木の下で〝何もしない〟をしていたとか？」

「俺はプーさんかっての。三限、四限は感染症学と公衆衛生の授業があって、終わってからはずっと学校に残ってテスト対策だ。ちっさい個別ブースに分かれてる自習室があって、六時くらいから日付が変わって十二時三十分くらいまでずっと勉強してたんだよ」

「それって最高じゃん！　吐きそう」

「家じゃ集中できないからな。四限が終わったあとに鈴鹿とコンビニに飯を買いに行って、学内の飲食スペースで食べた。鈴鹿も同じ自習室で勉強してて、俺が『そろそろ帰る』って声かけてもまだ残るって言うからな。俺だけ先に学校を出たんだよ。いつもはだいたい一緒に帰るんだけどな」

「おや、スズカくんもそんな遅くまで勉強してたのか。きみたち、いつもいっしょなんだねえ」

「……さすがに隣のブースにいると集中できないってあいつが言うから、同じ部屋でもちょっと離れたとこにいたけどな。真面目なんだよ、鈴鹿は」

藍原は視線を伏せ、あの日最後に聞いた鈴鹿の声を思い出す。「鈴鹿、俺は先に帰るぞ」「ああ」「お前はまだ出ないのか？　親、心配するんじゃないか」「連絡してあるから大丈夫だよ。じゃあ」あっさりとしたやりとりだった。飾り気のない受け答えはいつものことだが、その後の藍原に待ち受けている運命を知っていれば、鈴鹿も少しは感傷的な言葉をかけてくれたかもしれない。

「とにかく、俺はひとりで学校を出て、家に向かったんだよ。その日に限ってひとりだった」

「ふむ。でもそれは不幸中の幸いと言えるかもしれないね。きみが中途半端に〝死んだ〟ところを見られていたら、きみは屍人になれずにそのままお陀仏(だぶつ)だったかもしれない」

「ああ——ラッキーなのか、俺?」

「ラッキーだよ。そう思っておきな。人生における巡り合わせは、何だって幸運につながってるんだって」

妙なところで楽観的な男だ。ふらふらと歩き始めた烏丸に続いて、藍原も足を踏み出す。

「さて、ここからはきみがたどった道を通って、事故現場まで戻ってみることにしようか。お勉強を頑張ったきみは学校の正門から外に出て、狭くてみすぼらしい自分のお部屋に帰ろうとした。これでオーケー?」

「行ったこともない人の家を狭くてみすぼらしいとか言うなよ……まあ、合ってるけどな。正門から出て、医療センター前の信号を渡って、橋を渡って、川沿いに歩いてって感じだ。ひとりで帰るのは退屈だったもんで、音楽を聞いてたよ」

「音楽?　ああ、あの耳からうどんを生やす機械で聞いてたの?」

「うどん……？　ああ、イヤホンか。ワイヤレスな。そのうどんみたいなコードがないやつ。ひとりで歩いてる時はだいたい音楽を聞いてるよ」

「やっだー、最近の子って危機感ないんだから。耳の中に機械突っ込んで、爆音で音楽聞くなんてありえないわ。周りの音が聞こえないと危ないでしょ？」

「あんた、ほんといちいちうるせえやつ……すみません。気をつけます」

医療センター前の丁字路で歩行者用信号を待ちながら、藍原はうなだれる。音楽を聞いていたから事故に遭ったというわけではないだろうが、注意が散漫になるのは事実だろう。今後は気をつけなければ——無事に戻れれば、の話だが。

ふらふらと歩く烏丸の足取りは、意外に速い。夜闇のような背中を追って、藍原も小走りで横断歩道を渡る。橋の歩道を歩いて、川の対岸へ。今日は曇りだ。銀の蛇のように続く川の先には、低い空が広がっている。

「あ！　今さら聞くんだけどさ。今って夏？　夏なの？」

橋を渡りきったところで、烏丸が唐突に聞いてきた。藍原は怪訝な表情をして返す。

「本当に今さらだし唐突だな。七月なんだから、夏に決まってるだろ」

「いやあ、ごめんごめん。長く屍人やってると、暑い寒いの感覚も忘れちゃうんだよね。で、なんかその辺歩いてる人間がみんな半袖だなー、ズボンが短いやつもいるなー、犬の毛が薄いなーとか、そんなこと考えてたらさ、待てよ、今、夏じゃん！　って気づいた。僕、夏好きなんだよね。花火とか蛙の鳴き声とか。それに、ほら。夏は死者の季節だから！　お盆もあるし、怪談話もたくさん。おー怖い。本当に死んでるやつはさー、やっぱ、怖いよね。幽霊はたたりの力とか使えちゃったりするんだもん、反則だよ」

「よかったな、俺も夏は好きだよ……でも、最近は怪談といえば夏って感じじゃなくなってないか？　意味がわかると怖い話系のやつとか、あんま季節関係ないだろ」

「やだ、そんな味気ないこと言わないでよ。でも駄目だなあ、長年世間と切り離されてると感覚がどんどんずれて行っちゃうんだよね。どうなの？　最近の夏って、かなり涼しかったりするの？　最高気温は十七度くらい？」

「え？　いや、その逆だよ！　三十五度超えとか毎日だぜ。どんどん暑くなってる」

「そうなの？　だって、きみが――長袖のジャケットを着てるもんだからさ。最近はそんなに暑くないのかと思っちゃった」

烏丸の指摘に、藍原は言葉を詰まらせる。

あの日の最高気温は三十四度。夜になって涼しくなったとはいえ、日付が変わる時刻でも二十五度前後はあったはずだ。

それでも、藍原はこの長袖のジャケットを着ていた。薄手のものではあるが、真夏に着るにはふさわしくないものだ。どうして？　暑くないの？　いろいろな人に聞かれた。何度も聞かれた。そのたびに、同じ答えを返してはごまかしてきた。

「寒いからじゃない。川の近くを歩いて帰るだろ。虫がすごいから、虫除けのために長袖を着るようにしてるんだ」

「へえそうなんだ。虫、かわいいのにねー」

烏丸は軽く答え、また前に向き直って歩き始める。藍原は唇を噛んだ。しばらく考えて、ようやく言葉を絞り出す。

「……これ、さ。学校から配られたジャケットなんだよ。焼けて読めなくなってるけど、バックプリントには『鬼京市東部医療センター付属看護学校』の名前が入ってる。通学の時に使ってくださいってことで入学の時に一着もらうんだ。ほとんどの学生は着ないけどな。でも、俺は入学の時からずっとこれを着てる。暑くなっても、ずっとこれを着て通学してたんだ。なんとなく、学校の名前を背負ってるのが誇らしいっていうか、さ。夏にもくそ真面目に学校指定のジャケット着てんのは、俺と鈴鹿くらいだけどな」

「そうなの。別にいいんじゃない？　背中に掲げておきたい名前があるってのは幸せなことだよ」

烏丸は思いのほかあっさりと話題を流してくれた。背中に掲げておきたい名前。医療従事者を目指すものとして誇りを持っているからこそ、藍原はこのジャケットを常に身にまとっているのだ。それは鈴鹿も同じに違いない。意味のある〝制服〟としてこのジャケットを常に着用しているのは、学内でも鈴鹿と藍原くらいのものだ。

そうだよな、と小さく返し、藍原はさらに歩を進める。夜中は死んだように静まりかえるこの道も、昼間はそこそこ車通りや歩行者の姿がある。背後から近寄ってきた自転車が、無言で歩く藍原たちを危なっかしく追い越していった。

「――着いた。改めて、ここが俺が車に轢かれた場所だ」

片側二車線の交差点。歩道はかなり広く、ガードレールは当然、横断歩道の前で途切れている。事故の痕跡はほとんど残っていないが、細長い血痕のようなものが数カ所、歩道に線を描いていた。

「わあ、思いのほか普通。もっとこう、呪われてるって感じなのかと思った」

手をすりあわせる烏丸に、藍原は不満顔で返す。

「呪われてるってなんだよ。道ばたに怪しい祠(ほこら)でもあったらよかったのか?」

「いいや。普通に安全、というか見通しがいいなと思ってね。信号無視でもなけりゃ事故はそうそう起きなそうだ。うーん……でも立地的には、文字どおり背水の陣って感じだね」

烏丸が振り返った先を、藍原も見る。急斜面になった土手と、川面が近くに迫る河川敷。普通に歩いていれば川どころか河川敷にさえ落ちることはないが、それでも改めて見ると危なっかしい景色だ。藍原は車に撥ねられ、歩道と河川敷を隔てるガードレールを飛び越えて川に落ちたらしい。

「俺はここで歩行者用信号が青になるのを待ってた。そうしたら白い車がブレーキをかけずに突っ込んできて、撥ね飛ばされたってわけだ」

「最悪！　どこを打ったのかとかは覚えてるの？」

「頭は強く打っただろうな。血も結構な勢いで出たはずだ」

藍原は頭に手をやり、額から頭頂部にかけてできた傷に触れる。傷の深さはたいしたことがないが、頭皮がこれだけ切れているのだ。見た目にも派手な出血があったに違いない。

「じゃあ、きみを轢いた車にはきみの血が残ってるかも？　ってわけにはいかないか。僕がきみを轢き逃げした犯人だったらどうするか？　まず隠すね、自分が乗ってた車を。修理に持って行くわけにもいかない。ガレージがあったらそこに車を入れて、シャッターも閉めておく。そうすれば発覚しない。家族がいたら血まみれの車に卒倒するはずだから、犯人は一人暮らしかな」

「いや、待てよ。あれからまる一日以上が経ってるんだ。さすがに警察もここで事故があったことは知ってるんじゃないか？　犯人が俺を轢いてそのまま逃げてたとしても、だよ。そうじゃなきゃ、ここにこんな貼り紙があるわけないだろ」

歩行者用信号の柱に貼られた「目撃された方はお知らせください」の紙。烏丸は「もう見たよ」というふうにそれを一瞥して、帽子のつばを指でつまんだ。

「その貼り紙があるからこそ、だよ。警察はきっときみの事故のことを知らない。交通事故に関する目撃情報を募る看板はたまに見るけどね、あれは〝看板〟なんだよ、わかるかい？　どでかくって、車に乗ったドライバーたちにも見えるようにするものだ。でもこれはほら、こーんなにちっこい。しかも家のプリンタで出力したような文字、さすがにチープだよね。以上のことから何がわかる？　この貼り紙は、警察が貼ったものじゃないってこと。犯人が自らここに貼りに来たものなんだ」

「犯人が――なんだって？」

「だって、その事故のことを知ってるのはきみと犯人しかいないんだからさ。ずっと河原でおねんねしてたきみが貼ったんじゃない。じゃあ消去法で、貼ったのは犯人ってこと。単純！」

「でも、だったらおかしいだろ！　ここに書いてあるのは警察の番号だ。人を轢き逃げしておいて、警察に動いてもらうような貼り紙を作るってどういうことなんだ？」

「それを考えるのが僕らの目的ってところかな。まあここでやるべきことはやり尽くした感じがあるからさ、そろそろ次に移動するとしよう。河川敷に下りるんだ。きみが流されていったらしいルートをたどって、目を覚ました地点まで歩いてみるんだよ」

「まあ——それはそうだけどよ——」

　藍原の返事を聞く前に、烏丸はがさがさと雑草をかき分けながら土手を下り始める。

「わあ変な虫！」「わあ気持ち悪い草！」などと嬉しそうなので、背丈ほどの高さがある草むらの中でも見失わなくて済みそうだ。

　ガードレールを乗り越えながら、藍原はふと背後を振り返る。行き交う車、自転車、散歩中の犬。ふと、自分が轢かれた瞬間の光景がフラッシュバックして、思わず頭を押さえた。

　あの時、俺は普通に信号待ちをしていて、車に轢かれたんだ。近寄ってくる車があることは認識していたが、車種や色なんか気にもとめていなかった。確か、白のワンボックスだったと思うのだが。それよりも——そう、もっとはっきり記憶に残っているものがある。丸いフレームの眼鏡をかけて、髭を生やしたドライバーの顔だ。街灯に照らされた車内は薄暗く、藍原がその顔を目にしたのは数秒にも満たない時間のはずなのに、その顔だけはくっきりと思い出すことができる。

今、その男は何をしているのだろう。犯人は現場に戻るというから、ここを通りかかることがあるかもしれない。あるいは、事故が発覚していないかどうかを恐れて頻繁に足を運んでいるということもありえるだろうか。

思案を断ち切るように首を振って、藍原は土手を下り始めた。烏丸の姿はない。獣が通ったあとのような、草の分け目が続いているだけだ。

「おーい！　もう川の近くまで着いたのか!?」

「助けてー」

か細く、甲高い声。藍原は身をこわばらせる。相手が歩いた軌跡を頼りに、足早に土手を下っていく。

「おい！　大丈夫か!?　俺の声が聞こえてたら手を上げろ！」

「それがねえ、とてもじゃないが上げられない状態なんだよ……」

ふやけた調子の烏丸の声が遠ざかっていく。まさか？　藍原は大股に土手を下った。

顔を叩く雑草をかき分ける。足がぬかるみに取られそうになって、かろうじて踏みとどまる。斜面が途切れた先には二、三メートルの幅の茂みがあるだけで、その先はもう川面だ。普段は足を踏み入れることのない領域が、これほど危険なものであったとは。

「烏丸さん！　おい！」

「ああ、これじゃ僕はまるでオフィーリアじゃないか」

十メートルほど下流へ下った水面に、烏丸は浮かんでいた。漆黒の衣装を海藻のように揺らし、白い顔で天を仰いで。流れは速い。どんどん遠ざかっていく。水気を含んだ草に足を取られないようにしながら、藍原はそのあとを必死で追いかけた。

早く、早く助けなければいけない。——どうして？　あの人は、もう〝死んで〟るんだろ？　頭に浮かんでくる言葉を打ち消し、反論する。いいや、あの人は完全な死人じゃない。また生きるチャンスがあるんだ、俺にも、あの人にも。

「感情論は捨てろよ、藍原。熱い思いじゃ人は救えない」

——親友の声。低く語る鈴鹿の言葉が唐突に脳裏へ浮かんでくる。

「はっきり言う。お前は医療系の仕事に向いてないよ。命を救う、っていうのが医療の命題、大前提みたいなものだろ！　って、本当にそう思ってるのか？　藍原、覚えておけ。人助けっていうのはな——きれい事じゃできないんだよ。お前みたいなやつが、一番失敗するんだ」

藍原は強くかぶりを振る。なぜ今、鈴鹿との会話を思い出さなきゃいけないんだ？烏丸の姿だけを視界に捉え、ほかのことは考えないようにした。

足で、手で、全身で、草をなぎ倒す。流されていく烏丸はまったくの無抵抗で、水の流れどおりの軌道を描きながら川をどんどん下っていった。流れが大きくカーブする地点でその体は外周に向かって投げ出され、水面近くに生えるヨシの群れに引っかかる。

藍原は胸を撫で下ろした。とにかく、これ以上は流されずに止まってくれたか。それにしても烏丸のやつ、どうして無抵抗のビニール袋みたいに流されるままになっているんだ？

「今行く！　草を摑んでおけよ！」

声をかけながら近づき、うっすらと笑いを浮かべたままで草にひっかかっている烏丸を助け起こす。何が面白いんだ？　脇を支えられて川岸に引き上げられたあとも、烏丸はまだ笑っていた。寝っ転がって起きようとしないその姿に、藍原は声を上げる。

「何がおかしいんだよ。あんた、このまま海まで流されていくところだったぞ」

「ん？　うーん、それだと雨水の気分が味わえて楽しかったんだけどねえ。海という名の彼岸にたどり着けるのは、一部の幸運なゴミたちだけのようだ。ほら」

上半身を起こした烏丸が、顎で河原を指し示す。そこには平らな草地が広がっていた。ペットボトルや瓶、どこから流されてきたのかもわからないゴミがあちこちに散乱している。おそらくは上流から流され、ここに打ち上げられたものであろう。

「ここは――」

藍原はジャケットの襟を握りしめた。真っ暗な夜。虫の鳴き声。混乱する頭。痛みのない目覚めの感触がよみがえって、耳鳴りがする心地がした。

「……おそらく、俺が目を覚ました場所に近い。事故現場から下流に百メートルくらい下ったところだったんだ。このあたりだったと思う」

「ふむ。じゃあやっぱりきみは荒ぶる鉄の馬――あ、車のことね。とにかくそれに轢かれたあとに川へ落ちて、この地点まで流された。そして河原で目を覚まし、自分が中途半端に死んでいること、焼けたジャケットを着ていることに気がついたと。点と点はつながってきたが、決定的なところはかすみがかかったままだなあ。どうなんだい、きみの記憶として。きみを〝死〟に至らしめた一撃は、ぶつかった衝撃による傷であったのか、はたまた水に呼吸というものを奪われたためであったのか。そのあたりは、〝死〟の直前までの記憶を持っているきみにしかわからないことだと思うけど」

藍原は腕を組む。正直、自信が持てない。短い時間にいろいろなことが起こりすぎて、あの時は自分の身に何があったのかを把握する暇などなかった。だが、はっきりと覚えていることがひとつ。流れ込んでくる水の感触。くぐもった泡の音。

「――水に落ちた時にはまだ息があった。頭部の傷の出血は多かったかもしれないが、今触れた感じだと致命傷になったとは考えにくい。おそらくは、体が動かせない状態で川に落ちてしまって、自力で岸に戻れずに溺死したんだと思う。そうしてこの場所まで流されてきたんだ」

藍原ははっ、と空気をのむ。烏丸は事故現場で水に入り、無抵抗でここまで流されてきた。まさか、事故当時の藍原の状態を再現しようとしてくれたのか？

「なるほどねえ。そうだとしたら哀れな話だ。水に落ちた時点ですぐに引き上げられて、救命処置を取られていたら——こんな悲しい存在にはならなくて済んだのにね、きみ」

藍原が返す言葉に迷っていると、烏丸は何かにはじかれたように立ち上がった。くんくん、くんくんと神経質な犬のように鼻を動かしながら、草をかき分け始める。そして数メートルも行かないうちに立ち止まって、素っ頓狂な声を上げた。

「ビンゴ！　きみのキャンプファイヤー会場を見つけたよ」

烏丸の肩越しに、藍原も草が途切れた地点を覗き込む。人形（ひとがた）になぎ倒された草と、黒く焼け焦げている地面。間違いない。藍原は十数時間前にここで目覚め、意味もわからぬままに烏丸の探偵社へと導かれていったのだろう。無念のうちに命を落とし、天国へ行くこともかなわなかった『屍人』として。

「……草が焼けてるな。目が覚めた時は暗かったから、気づかなかったんだ。俺はあの時、車に轢かれて、川に落ちて、流されて、ここまでたどり着いて——燃えた、のか。意識を失ってる一日の間に」

「あるいは」

烏丸が言う。高くなる日に熱された草のにおいが、異様な暑さをことさらに強調していた。

「〝燃やされた〟かだよ。何者かによって」

藍原は拳を握る。

薄々感じてはいたことだ。だがそう認めたくはなかった。気分が悪くなる。それほどの悪意を向けられたことに対する嫌悪なのか、単純な恐怖か。

藍原を轢いた相手は、ここで藍原の死体を見つけた。おそらくは第三者に見つかる前にと、捜し回っていたのだろう。

そうして藍原の服に火をつけたのだ——この高気温だと、日中は数時間もあればなんでもかんでもカラカラになってしまう。水に濡れた衣服には火がつかないから、藍原を燃やした人間は衣服が乾く時間まで待って、火をつけたということになる。藍原の衣服についた塗料などから足がつくことを恐れて、という理由なのだろうか。すべての証拠を燃やすために、犯人は藍原の衣服に火をつけたのか？　服だけを持ち去らなかったのは、処分に困るという理由か、被害者が裸であれば余計な疑いを抱かれると思ったからなのか。

犯人は、藍原を助けることなどまったく考えもしなかったに違いない。事故が発覚しないよう、見つからないようにという意志だけが感じられる。

藍原は拳を握る。唇を噛んでいるところを見られたくなくて、烏丸からそっと顔を背けた。烏丸は何も言わず、調子外れの鼻歌を歌っているだけだった。

低い位置に赤みがかった月が出ている。風のない外気は湿気を帯びて、よどんでいた。『屍人』になって二日目の夜。藍原はろくに手入れのされていない烏丸探偵社の庭を歩いている。

整然と転がっている白い石のようなものは単なる飾りなのか、誰かの墓石か。庭を囲む木は細長く、天に向かって高々と伸びていた。烏丸は「糸杉だ、死の象徴だよ」と言っていたっけ。確か、晩年のゴッホが好んで描いたモチーフだと習った記憶がある。それ以上のことは知らない。看護学校に入ってからずいぶん多くのことを学んだが、その実自分は本当に無知で、この世の知識のほんの欠片程度のことしか知らないのだなと、藍原は今さらのように実感していた。

哲学の授業でさまざまな思考実験をした。けれど、自分が圧倒的な悪意にさらされた時のことは考えもしなかった。

自分を轢いた丸メガネのドライバーにも言い分があるだろう。おそらく彼は、生来の悪人ではない。人を轢き、恐ろしくなって逃げただけ。その弱さは藍原にも理解することができる。

けれど納得はできない。自分の命をないがしろにされた怒りよりも、「なぜ」と詰問したい思いのほうが勝っている。罪に問われることを恐れるよりも、死にかけている人間が目の前にいるのならば、その人を救うことを真っ先に考えてくれ。それが人間の本質、当然のように備わっている本能のようなものだろう？

甘い、と鈴鹿なら言うだろう。本能だとか本質だとか、そんな精神論に似たものに頼るなと。もっと冷静に、言葉は悪いが残酷に考えなければいけない。医は仁術ではなく職業のひとつだ。医療に携わらない市井の人々に、そのような判断を求めるほうが酷なのだと——。

焼けたジャケットの襟をかき合わせる。炭化した表面がまた剝がれ落ちて、手に黒い欠片がついた。

脱げばいいのかもしれない。けれど、自分の誇りであったこの制服を捨て去ることなどできない。

　人には笑われるかもしれないが、本当に嬉しかったのだ。憧れていた医療センターの文字が入ったジャケットを着ていると、自分もその内側の人間になれたような気がして。やりたいこともまだたくさんあった。そもそも、スタート地点に立ててすらいない。看護師になるための勉強を始めたばかりなのに。母親も快く送り出してくれて。友人もできて。毎日懸命に学んで。なのに──なのに──たった数秒の出来事で──。

　拳を振り上げ、藍原は石造りの塀を殴る。皮膚の下で何かが折れる感触だけが伝わってきた。

「やめたほうがいいよ」

　間延びした声。振り返れば、ガーデンチェアに腰をかけた烏丸の姿が目に入る。ランタンの光に照らされて、烏丸の白い顔には奇妙な陰影が浮かんでいた。

「屍人ってさ、怪我すると治らないから。当たり前だけどね。全部事件を解決してさ、生者として戻る時には不思議と回復してるみたいだけど。でも今はやめておいたほうがいいよ。手の骨が砕けたらぶらんぶらんのままで過ごすことになっちゃう。カップすら持てないのは不便でしょ？」

　烏丸は片手でティーカップを支えていた。泥水のようなミルクティーを音もなく飲んでいる。

「……うまいのか、それ」

「おいしいよ。僕は暖めた牛乳に濃いめに淹れたアールグレイをぶち込むのが好き」

「屍人でも、飲み食いはできるのか」

藍原は問う。屍人として目覚めてから、空腹や喉の渇きを感じた覚えはない。

「できるよ。できるけど、飲んだり食べたりしたものは二時間も経てば吐いちゃう。だって、消化吸収する機能が働いてないんだもんね。どうせ吐くならもったいないから土でも食ってろって？　ひどい！　僕はミミズじゃないっての。お茶ってさあ、カフェインだの水分だのを取り入れる以上に〝概念〟を吸収してるとこ、あるでしょ？　たとえ吐くことになっても、僕はミルクティーを飲んでいたいの。それが美学だから」

たとえ体がもうその成分を取り入れなくなっていても、ただ味わうために紅茶を飲む。

悲しい。哀れだ。生命のことわりから外れ、あの世にも行けないもの。生きる喜びの大部分を奪われ、親しいものと会話することもできない。

屍人というものの哀れさを改めて思い知り、藍原は唇を噛む。車に轢かれ、命を落としてから二日。家族や友人も本格的に自分を捜し始めるころだ。だが、藍原は歩く屍となってここにいる。彼らがいくら捜そうとも藍原が見つかることはない。藍原自身が、彼らとの接触を避けなければいけないからだ。三日経ち、一週間が経ち、一年、十年が経過した時、いったい彼らのうちの何人が藍原のことを覚えているのだろうか。母親は？　死ぬまでずっと、ひとり息子のことを探し続けるのだろうか。奪われた日常、当たり前の明日――。

「な？　好き好んでなるもんじゃないだろう？　屍人なんてさ」

藍原の心を読んでいたかのように、烏丸が言う。空のティーカップをテーブルに置き、烏丸はさらに続けた。

「働けないし行く場所はない。食べる楽しみも、友人を作って語らう楽しみだってない。だからできることなら、こんな状態なんて一刻も早く抜け出したほうがいいんだよ。生のほうに転がって、朝日を拝むんだ。そしてきみはもう、そのための〝手がかり〟をすべて手に入れている。あとは――わかるだろう？」

ランタンを手にした烏丸が、藍原のほうへと歩み寄ってくる。揺らめく炎に照らされた顔は、地獄からの使者のように見えた。

「糾弾するんだ。きみを殺した犯人を見つけて、考えうるもっとも厳しい手段で追い詰めるんだよ。きみにはそうする権利がある。生きるためには、そうしなければいけない。そうするべきなんだ。きみを待っている、大事な人がいるんだろう」

藍原は視線をそらした。烏丸の言うことはわかる。生者として復活するための条件は、自分を死に追いやったものを見つけ出し、糾弾すること。藍原の場合は、自分を轢いたドライバーを見つけて——そして——。

そして、俺はどうするというのだ？

「……犯人ははじめからわかってるもんな。あの時、俺を轢いたドライバーだ。俺はその人の顔だってはっきり覚えてる。でも、仮にだぞ。俺がその人を追い詰めるんじゃなくて、そういうのが専門の人たちに——警察や司法に任せるのだと、糾弾したことにならないのか？」

「きみの素性を隠して？　きみが誰かに〝死〟を確認されるリスクを冒しても、警察に連絡するというのかい」

「それが難しいことはわかってる。でも」

藍原は言葉を切った。烏丸のほうをまともに見ることができない。橙色の炎の光が、視界の端でちらちらと揺らめいている。

「でも——でも、だよ！　事故だったたんだ。車を運転するようになれば、俺だって加害者になりえるじゃないか。腹が立つよ。なんで助けてくれなかったんだって思うよ。でも、その人を見つけ出して、追い詰めて、で、どうするっていうんだ。もう運転するなって免許を取り上げるのか？　個人でできることはたかが知れてる。その人を殴ったってなんの解決にもならない。違うか？　糾弾しろって言ったって、俺には——その手段が——」

「怒りが足りない」

烏丸が言う。氷のように、低く鋭い口調で。

「きみには、まだまだ怒りが足りないよ。それに勘違いをしている。僕と同じものを見て、同じものを確かめてきたっていうのに、きみはまだ文字どおり致命的な勘違いをしているじゃないか」

「勘違い？　どういうこと——」

不意に飛んできたものに、藍原の体は反応することができなかった。

短い放物線を描いて飛んでくる明かり。あ、と言葉を漏らす間もなく、藍原の胸に硬い衝撃が走る。ランタンが音を立てて地面に落ちた。燃料が飛び散り、それを燃やし尽くそうと橙色の炎が広がる。

服に火がついている。炎はジャケットの中のシャツを舐め、さらに燃え広がろうとしていた。

「おい！　何やってんだよ!!」

熱さは感じない。その感覚がかえって、藍原の恐怖心をあおる。反射的に手で炎をはたき、藍原はさらに肝を冷やす思いをした。すごい勢いだ。可燃性の高いものを含んだ布というのは、これほど簡単に燃え上がってしまうものなのか。炎はさらに赤い舌を伸ばし、炭化しかかったジャケットすらも焼こうとしている。駄目だ。シャツから覗く皮膚が黒くなり始めた。駄目だ。藍原は地面に転がる。何度も回転して、火の勢いを消す。駄目だ。

こんなところで――まだ――死ぬわけにはいかない。

雄叫(おたけ)びを上げながら転げ回り、藍原は火を完全に消し止める。シャツの胸元は火に舐められて溶け、その下にはすすけた灰色の皮膚が大きく覗いていた。あのまま火に包まれていたら？　屍人とはいえ、動き回る体を失ってしまったらひとたまりもないはずだ。怒りがこみ上げる。立ち上がり、月明かりの下で佇む男の姿を睨みつけて、腹から声を絞り出す。

「烏丸、てめえ――」

「そうだ、それでいいんだ。怒るんだよ。憎悪するんだよ。下手をすると、きみの体は炎に包まれ、復活のかなわない灰に成り果てていたかもしれない。これできみは二度も、きみを害そうとする悪意の炎に包まれたことになる。悔しいだろう？　尊ばれるべき体をそんなふうに扱われて、はらわたが煮えくり返るほど憎くて仕方がないだろう？」

「だからって、あんな危ないものを投げる必要はねえだろ！　もう少しで全身火だるまになるところだったんだぞ！　もう少しで――体が――」

言葉が止まる。

思考が一点に集約したような感覚に、藍原は手で口元を覆った。なんだ？　今走った気持ち悪さ、違和感の正体はなんだ？　烏丸が俺にランタンを投げつけてきて……そして、俺の服はまたたくまに炎に包まれた。消火が遅れていたら、体まで焼け焦げてしまっていたかもしれない。燃えたジャケットにはほとんど火がつかなくて……そうだ。一度燃えたものは、燃えにくいんだ。ジャケットは燃えなかった。シャツは燃えた。穿いているズボンも、その下にある皮膚もだ。いったん火がつけば、簡単に燃えてしまう。ジャケットの下に着ていたシャツが、これほどの勢いで炎に呑まれてしまったということは――。

ジャケットに火がつけられた時、シャツは燃えなかったのだ。シャツだけではない。藍原の体もズボンも、炎の影響を受けないまま、ついさっきまで存在していた。

「怒り。それに違和感」

どこからともなくふたつめのランタンを出してきた烏丸が、指を折りながら言う。

「人を動かす原動力だよ。よく考えるんだ、ゴーリキくん。ジャケット以外の服を無事たらしめていた要因はなんなのか。そもそもなぜ、ジャケットは燃やさなければいけなかったのか。河原で見つけた焦げ跡。それに——あの歩行者用信号の柱に貼られた紙。あらゆるものに違和感があって、変だとは思わないかい。それをもう一度考えてみるんだ。きみ、体に似合わず頭の回転は速いほうだろう。自分自身で考えるんだよ、答えを導き出すんだよ」

焼けたジャケット。河原に流れ着いてから、目を覚ますまでの空白の時間。奇妙な部分のある貼り紙。早朝に佇む鈴鹿の姿。たったひとりの帰路。夜中の事故。撥ねられた衝撃と、噴き出す血と、水に落ちた——あの時の感覚と——。

藍原は足を踏み出す。考えるよりも先に、体が前へ前へと動いていく。

「……見てくる」

まっすぐに探偵社の門へと向かう自分を、烏丸が追ってくる気配がした。今日は月が明るい。屍人の藍原にも、夜道は平等に照らされているはずだ。

「俺が事故に遭った現場だ。あの場所を、もう一度見なきゃいけない」

敷地の外へ飛び出し、藍原は走り始める。背後から烏丸が音もなく追ってくる気配がした。あの時、導かれるようにして歩いた道を駆け、見知った道路へ。人通りの途絶えた街。規則正しく明滅する信号。ごく普通の、としか形容しようがない川沿いの交差点に——。

赤い車が停まっていた。その傍らに五十代くらいの、痩せ型の男が立っている。丸いフレームの眼鏡に、鼻下と顎に生やした髭。ご丁寧にあの夜と同じものと思われる帽子までかぶっているが、車は明らかに藍原を轢いたものではなかった。烏丸の言うように、ガレージにでもしまい込んでいるのだろう。

間違いない。藍原を殺した男だ。たまたま巡り合えた偶然に感謝すべきなのか、あるいは男が何度も現場を訪れていたことによる、必然なのか。

「!!」

男が藍原に気づいたのと、藍原が男の姿に気づいたのは、ほぼ同時であったに違いない。うろたえた様子で車に乗り込もうとする男に、藍原は「待て！」と叫ぶ。男はびくりと身をすくめ、こわばった表情で手と足の動きを止めた。点滅する歩行者用の青信号。横断歩道を駆け抜け、藍原は男のすぐ目の前まで迫る。男は両腕で頭を守るような動作をした。

「すみません……すみません！」

おびえる男の手首を、藍原は思わず摑んでいた。その細さ、頼りない感触に、思わず力を緩めてしまう。藍原が拘束せずとも、男に逃げる意思はないようであった。

「あなたは」

男が藍原の顔を見る。藍原が男の顔を見つめる。藍原が男の顔を覚えているように、男もまたフロントガラスに激突した藍原の顔をはっきりと眼に焼き付けていたのだろうか。

男は震えながら、たどたどしく声を絞り出す。

「あのっ……わたし、怖くなって、逃げて——その、あなたが、死んでしまったと思ったので……すみません、本当に、すみません」

いつの間にか追いついていた烏丸が、背後でふん、と漏らす音が聞こえた。愉快そうな、それでいて冷笑しているような。わかっている。この男は藍原を轢いた後に、罪に問われることを恐れて逃げたのだ。今、男は被害者である藍原に詰め寄られていることに恐怖しながらも、安心しきっている。被害者が生きている。ということは、自分の罪もさほど重くはならないはずだと。そういうものだ。そういう人間もいるというだけのこと——。

「あんたは、轢いた俺の救命をせずに逃げたな」

男の手首を握る指に、藍原は再び力を込める。男は何度もまばたきをし、すみません、すみませんとだけ繰り返していた。轢かれた人間の行方を捜すこともなく、保身のために逃げた加害者。許されるものではない。けれど、彼がそのような人間であるとするなら、ひとつだけ不可解なことがある。

「俺はあんたを許せない。また同じことをしないように、二度と車に乗ってほしくないと思う。けれどそれ以上に不可解なことがあるんだ。ひとつ教えてくれ」

藍原は視線を投げ、歩行者用信号の柱に貼られた紙を指し示す。「二〇二×年七月十六日　深夜一時（十五日二十五時）ごろ、この交差点で歩行者が轢き逃げされた事故について、目撃された方はお知らせください。鬼京市中央警察署　****-***-****」の文字列。薄いビニール袋に入れられただけのその貼り紙は、夜露に濡れたかのようにくしゃくしゃになっていた。

「これ、あんたが貼ったんだろう。事故を起こして逃げておきながら、どうして警察の電話番号を書いた紙を用意したんだ？　どんな意図があってここに、歩行者にしか見えないところに貼り紙をしたんだ？」

男は紙と藍原の顔を交互に見て、それから泣きそうに顔をゆがめる。がくりと肩を落とし、蚊の鳴くような声で答えた。

「……逃げられないと、思ったからです」

男と藍原の隣に、烏丸が影のように立つ。その目が男を氷のように見下していることに気づいて、藍原は思わず顔をそらした。力の抜ける体を支えるように、男の両脇に手を回す。男は小刻みに震えていた。

「自分で警察に行く勇気はなかった。けれど、逃げられないことはわかっていたんです。だから、だから貼り紙にしました。いずれは――きっと――見つかって、しまうだろうから」

男の体が、藍原の手をすり抜ける。自分で警察に行く勇気はなかった。けれど逃げられないことはわかっている。いずれは。きっと。

見つかって、しまうだろうから。

藍原はその場に立ち尽くした。男のすすり泣く声だけが、死んだような街に響いている。指先が冷たい。これほどまでに動揺しているのに、拍動はみじんも感じられない。自分を殺した相手を糾弾したはずだ。なのに、この身は〝死〟にも〝生〟にも転がらず――宙ぶらりんの、屍人のままでいる。

藍原は自らの両手を見つめた。すべてがつながっていく感覚に、言葉が追いつかない。

烏丸がぽん、と藍原の肩を叩く。墓場の風のような声が耳元で響いた。

「よくやった。きみはちゃんと犯人を見つけて、許さないとはっきり言ったね。でもきみはまだ屍人のまま。これが何を示しているか、もうわかるだろう」

藍原を轢いた男が身をかがめながら、赤い車に乗り込む。去って行くその走行音が遠くなってから、烏丸はさらに話を継いだ。

「糾弾すべき相手はひとりじゃないってことさ。まだ終わっていない」

全身を、強烈な閃き(ひらめ)が貫いた。

誰かの罪を問うこと。復讐。怒り。

藍原は拳を握りしめた。自分が今からやらなければいけないことの重さを、冷たくなった体全体で受け止めていた。

烏丸の手が藍原の肩を握る。いつまでも眠り続けるかに思えた街に、朝の気配が忍び寄っていた。


街は完全に目を覚ましている。

片側二車線の橋にはひっきりなしに車が行き交い、人の営みというものの慌ただしさと活力を感じさせる。空は晴れ、今日も気温は殺人的な暑さまで上がりそうだ。自転車や徒歩で藍原の横を通り過ぎていく人はみな、うっすらと汗をかいているように見えた。

代謝のない皮膚と、恒常性を失った体温。太陽の光を反射して輝く藍原の目は、ただ一点を見つめていた。午前八時三十二分。もう三分もしないうちに、あいつはここに現れるはずだ。巨大な病院のある側に背を向け、ただひたすら、待つ。焼け焦げたジャケットのすすが、藍原の足下にまばらな点を描いている。

藍原たちと同じ、看護学生らしい人が、自転車を立ちこぎしながら藍原の横を通り過ぎていった。三十三分——三十四分。川沿いの道を足早に歩く人影が見える。えんじ色のシャツに、なんの変哲もない細身のジーンズ。来た。藍原は思った。やっぱり、時間どおりだな。お前はいつもそうだった。決め事に厳しくて、イレギュラーなことが苦手で。行き当たりばったりの、なんでも勢いで推し進めようとする俺とは真反対の性格だった。

そうだろう、鈴鹿。

藍原は足を踏み出し、向かってくる鈴鹿の進路を塞ぐようにして立つ。何らかの気配を感じたのか、うつむきがちに歩いていた鈴鹿は唐突に顔を上げた。

「——」

体は硬直し、顔からは血の気が引く。生きている人間の反応というものは、ほんとうに慣用句どおりの変化をするものなんだなと、藍原は思う。

なあ、鈴鹿。お前が今考えていることが、手に取るようにわかるよ。どうして？　まさか。ありえない。そんな言葉を並べ立てているんだろう。そして俺は今、もっとも親しい友人であるはずのお前にこうして対峙しているのに、ちっとも〝死ぬ〟気配がないんだ。お前は間違いなく、今ここにいる俺を見て「死んだはずじゃないのか」とうろたえている。そしてお前に死を確認されたはずの俺は、屍人の俺は、本当に死ぬことなくまだここに立っている。なぜ？　理由は、簡単だ。

お前こそが、俺を死に追いやったとして糾弾されるべき、もうひとりの人間だからだ。

「藍原、お前」

「二日ぶり、いや、三日ぶりか？　ここで待ってれば会えると思ってたぜ、鈴鹿。お前は理由なく学校を休むようなやつじゃないもんな」

鈴鹿は視線をさまよわせ、唇を軽く噛んでいる。明らかに異常な様子の藍原のジャケットから、意識的に目をそらそうとしているらしい。

「……どこに行ってたんだよ。連絡も取れないし、家に行っても出てこないしで、そろそろお前の実家に連絡してもらおうかと思ってたんだぞ」

消え入りそうな声と、取り繕うような言葉だ。湧き上がってくる失望と怒りを抑えて、藍原は微笑む。足を踏み出せば、その距離だけ鈴鹿が後ろに下がっていく。怖いか？　俺が。だとすればそれは的外れな恐怖だ、鈴鹿。お前が恐れるべきものはもっと別のところにある。俺はそれを、今から——お前に伝えなければいけない。

「くたばってたんだよ。文字どおり、河原で丸一日寝っ転がってた。車に轢かれて、川に流されてな」

鈴鹿の目が見開かれる。おそらく頭の中では、どう違和感を抱かせないように反応し、どう答えるべきかを嵐のように考えているに違いない。藍原は両腕を広げ、鈴鹿の目を見つめたまま、ゆっくりとかぶりを振った。逃げるな、目をそらすな。おびえるな、話を聞けと、もっとも信頼する相手に訴えかけるように。

「月曜の夜、学校の帰りに、俺は車に轢かれたんだ。撥ね飛ばされて川に落ちた。運転手はそのまま逃げて——俺は誰にも知られないまま、ここで死んだと覚悟した——」

鈴鹿が通学用鞄のベルトを握りしめる。その姿から目をそらさずに、藍原はさらに続ける。

「お前も知ってるように、あの道は夜中になるとほとんど人通りがなくなる。だから俺を轢いたドライバーも、知らんぷりをして轢き逃げをしたんだと、そう思ってたんだよ。でも、そうじゃないって気がついた。ある人の助けで、いろいろと気づくものがあった

——鈴鹿」

言えば決定的に、何かが変わってしまう言葉。ほんの一秒にも満たない逡巡のあと、

藍原は言葉を絞り出す。

「見ていたんだろう、お前は。俺が事故に遭ったその瞬間を、お前だけが目撃していたんじゃないのか」

沈黙。

長い、長い、長い——音の静止とでも呼ぶべき沈黙が、藍原と鈴鹿の間に落ちた。推理小説の犯人って、どうして探偵役に追い詰められたらあっさり白状しちゃうんだろうな？　かつては藍原も、冗談めかしてそんな言葉を口にしたことがある。今ならよくわかる。答えは単純明快、彼らには逃げ道が残されていないからだ。袋小路に追い詰められた人間は、開き直るかのように、似たような言葉を口にするしかない。

「なんで、そう思うんだよ」

疑問形ではあるが、否定ではない。額から頭部にかけての傷に触れながら、藍原は返す。

「まずはじめにおかしいって思ったのは、あの交差点に貼られた紙だ。わかるだろう？　俺が事故に遭った交差点で、いつも俺とお前が連れ立って家に帰る時に渡ってたあの横断歩道さ。十五日深夜にここで起きた事故を目撃した人は、警察まで知らせてくださいってさ。お前も知ってるはずだぞ。十七日の明け方に、あの交差点で貼り紙をじっと見てただろう」

鈴鹿はびくりと身をすくめた。誰かに見られている、とはみじんも感じていなかったらしい。しかも藍原本人に目撃されているのだから、そのおどろきはそうとうなものであろう。

「――とにかく、あの貼り紙にはいろいろとおかしい部分があるんだ。警察が用意したにしては、ずいぶんと頼りない感じじゃないか、とか、事故が起きてすぐにこういう掲示を出すもんなのかね、とかな。そもそも、犯人が俺をひき逃げして、俺の体が行方不明になって、誰も警察に届けてないんなら、警察がその貼り紙を用意するはずがないんだよ。だったら、誰が用意した？　事故のことを知ってるやつは限られてくる。この場合は犯人だ。じゃあ、犯人はなぜ俺をひき逃げしておきながら、こんな貼り紙を用意したのか――聞いたよ、本人の口から直接、その答えをな。そいつなんて言ったと思う？『逃げられないと、思ったからです』だってよ。その瞬間にわかったんだ。この貼り紙が異常に小さい理由が。道を走る車じゃなく、歩行者〝だけ〟に向けてメッセージを送ってる理由がな。察しのいいお前なら、これだけでもうわかるんじゃないか」

鈴鹿は答えなかった。まるで遠い国のニュースを見ているかのように、半ば閉じた目で藍原を見つめている。

「目撃者がいたんだよ。俺と同じようにあの時、あの事故現場にいて、俺が車に轢かれる瞬間を見てたやつがな。だからドライバーはあの貼り紙を用意した。自分で警察に行く勇気が出なくて、けれど見られたことはわかってたから、その目撃者に向けてメッセージを送ったんだ。つい逃げてしまった。けれど罪の重さには耐えられそうにない。あの時事故を目撃していた歩行者がいるのならば、代わりに自分を警察へと突き出してほしい——そういう気持ちだったって認めたよ、ドライバー本人も。天罰に自分の身を委ねるんじゃなくて、第三者の良心に裁きを託したんだ。ひき逃げしたことは確かに罪かもしれないけれど、極悪人じゃない。魔が差したんだと俺は思ってる。それはそれとして、しっかり法の裁きは受けてほしいけどな」

「ひとつ、見えてこないことがある」

鈴鹿がようやく口を開いた。授業でもプライベートでも藍原が飽きるほどに聞いてきた、冷静で低いいつもの声だった。

「目撃者がいたとして、それが俺になる理由は何なんだよ。夜中は人通りが少ないとはいえ、通行が禁止されてるわけじゃない。そこを通った可能性のある人間なんて、何十人、いや、把握できないほどにいるんじゃないか」

藍原はわずかに目を細め、また両手を広げる。藍原が見せようとしているものに気づいてか、鈴鹿はまたあらぬ方向へと視線をそらした。

「わかるだろう。俺のジャケット、焼けてるんだよ。いや、焼けてるんじゃない。誰かが燃やしたんだ。河原に流れ着いた俺を見て、これを燃やさなきゃいけないと思ったやつが、今俺が着ているジャケットに火をつけたんだ」

道を行き交う車の音だけが響く。鈴鹿は肩で大きく息をついたあと、さげすむような表情で藍原のほうに向き直った。視線が真正面でぶつかる。ああ、そうだ。藍原は思う。お前と初めて会った時も、この話をしたっけ。俺さ、今まで図体がでかいでかいって言われてきたけど、お前もかなり背が高いよな。でかいもの同士、コンビでも組もうぜなんて言ってた。似たもの同士であると信じていた存在。同じはずであった志。

「証拠隠滅に、〝犯人〟が燃やしたって言いたいのか？」

鈴鹿が答える。まるで他人事(ひとごと)のような口調で。

「ああ。俺が轢かれた時、おそらく犯人にとってはものすごく都合の悪いものがこのジャケットに付いてしまったんだろう。だから犯人はこれを燃やした。捨てることもできず、川に流して発見されることさえ恐れて、これに火をつけたんだよ。それに気づいた時、俺は――」

藍原は口ごもる。この続きを言いたくはない。けれど、言わずにおける事実ではない。

「悪意を感じたんだよ。ぞっとするような、吐き気がするような。ほかでもないお前がそんな悪意を俺に対して向けたってことを、今でも信じたくない」

「そうとは限らないだろう」

　鈴鹿が言い返してくる。いつもどおりの、静かで突き放すような声だった。

「お前が河原に流れ着いたあと、何らかの理由で服に火がついたとも考えられる。悪意だ悪意だと、被害者面をするのは決めつけってもんじゃゃないのか」

「服じゃない。ジャケットだ」

　切り込んだ藍原の言葉に、鈴鹿は口をつぐんだ。ああ、お前もおかしいと思っているんだろう。どうして、そんな状態になっているんだと動揺したからこそ、しばらくは俺を直視しようとしなかったんだろう？

「俺が河原で目を覚ました時、ジャケットだけが燃えていたんだ。シャツやズボンには焦げ跡ひとつ付いていなかった。そのことを疑問に思ったある人が、俺の服に火をつけてこう教えてくれたんだ——ジャケットに火をつければ、下の服も無事では済まないだろう、って。じゃあどういうことだ？　犯人は、このジャケットだけに火をつけてから、燃え残ったものを俺に着せたんだ。なんのために？　一度ジャケットを脱がせて、燃やして、着せることに意味なんてあるのか？　違う。犯人が燃やしたジャケットは、はじめから俺が着ていたものではなかったんだ。犯人は俺のジャケットを脱がせて、それから火をつけたんじゃない。自分が着ていたジャケットを脱いで、火をつけて、それから〝死体〟になって転がってる俺のものと交換したというだけなんだ。じゃあ、犯人はなぜ俺と自分のジャケットを交換する必要があったのか？　ここまで言えば――わかるだろう、鈴鹿、お前なら」

藍原は言葉を切った。懇願するように親友の顔を見る。

だが鈴鹿は何も言わない。藍原は拳を強く握りしめる。怒れ、怒れと繰り返す烏丸の声が、耳の奥で響き続けている。

「俺が今着ているこのジャケットは、お前のものだ、鈴鹿。お前はきっとあの時あの事故現場にいて、俺が轢かれるところを目撃していた。それだけじゃなくて、お前がその場にいたという証拠になるようなものを、着ていたジャケットに付着させてしまったんだ。替えのきかないジャケットを処分することもできず、困ったお前は俺の着ていたものとすり替えることを思いついた――違うか？　だとすれば、だ。お前のジャケットには何が付着していた？　そしてそれは、どうやってお前のジャケットについてしまったんだ？」

鈴鹿はふっ、と笑いを漏らす。その目つきが、その顔色が、藍原が今までに見たことのない色へと変貌していく。

ああ、と藍原は奥歯を噛みしめた。

認めたんだな、鈴鹿。頭のいいお前は、もう何もかもが無駄であることをちゃんと理解しているんだろう。

「俺は車に轢かれた時、頭からかなりの出血をしている。俺を助けようとして体を抱き起こしたやつがいたとすれば、その人の手や服にも血が付着しただろう。お前のことだよ、鈴鹿。お前は河原に落ちていく俺を追いかけて、怪我を負った俺を抱き起こしたんだ。俺が川に落ちる前に見た夢や、感じた浮遊感は、幻覚なんかじゃなかった。お前が俺を抱き上げて、そして――」

藍原は深く息を吸う。空っぽの肺に、ざらついた空気が満ちる。

「そのまま川に落としたんだ。救命処置を取るでもなく、救急車を呼ぶわけでもなく、そのまま川に放り込めば、俺が死ぬって知っていながら」

鈴鹿は空を仰ぎ、目を閉じた。すぐに瞼（まぶた）を開け、藍原を見据えて、ゆっくりと首を横へ振る。藍原が言ったことを否定しているのではない。呆れと感心、それにある種の諦めを示そうとしているのだ。

「ああ、まさに、お前の言ったとおりだよ。俺はあの日、お前のすぐ後ろにいて事故を目撃していた。車はとっとと逃げたけど、ドライバーからは俺の姿もはっきり見えてただろうな。音楽を聞いてたお前は、俺がすぐ近くにいることも気づいてなかったみたいだけど。お前は文字どおりすっ飛ばされて、河原に落ちていったよ。俺もすぐに追いかけた。川面のすぐ近くの草むらに倒れてるお前を見つけて、スマホのライトで照らして、傷を確かめて——正直、見ただけでは怪我の程度もよくわからなかった。救命処置を頑張れば意識もすぐ戻るかもしれない。救急車を呼ぶまで俺が頑張れば、こいつは命をつなぐかもしれない。はじめはそう考えたよ。でも、さ。やりたくないって思ったんだ。このまま川に落とせば、お前は確実に死ぬ。そう考えた瞬間、お前の重たい体を抱き起こして、川に放り込んでた。正直、衝動的なものだったよ。流されていくお前を見て、怖くなって逃げた。もう取り返しがつかないと思って、そこからすぐに走って逃げたんだ」

耳を塞ぎたくなる気持ちを抑え、藍原は頷く。鈴鹿はいつの間にか視線をそらして、もう藍原のほうを見ようとしない。自虐的に笑いを漏らして、さらに言葉を継いだ。

「その時に着てた学校指定のジャケットにも服にも、お前の血がべったりついちゃったんだよ。飛び散った血を浴びたって感じじゃなくて、確実に『血を流している相手に触れてしまった』っていう汚れ方だ。知ってるだろ？　俺は実家暮らしで、家には両親どころかぴんぴんしてるじいさんとばあさんだっている。帰った時にはみんな寝てて、血のついた服を見られることもなかったけど、ジャケットのことを聞かれるまでにはなんとかしなきゃいけない。同じようなものが何枚あるかもわからないシャツやズボンは布に何重にもくるんでゴミに出したけどな、ジャケットだけは捨てるわけにもいかなかったんだ」

鈴鹿の声を、藍原は身じろぎもせず聞く。胸に湧き上がるものを必死で押さえ、親友だった男の次の言葉を待った。

「俺もお前と同じように、毎日あのジャケットを着て学校に行ってたから、急になくなったら家族は不審に思うだろ。洗濯機で回すのも気持ちが悪いし、コインランドリーは人目につく。どうする、どうするって考えて――丸一日経ってから、お前の死体を捜すことを思いついたんだ。本当に、その時は思いつきだったよ。お前の死体を見れば、何か解決策を閃くんじゃないかってな。登古世川ってさ、河川敷に何か落ちてたり流れ着いてたりしても気づかれにくい場所だろ？　上流から流れてきた動物の死体がよく引っかかって、河原にごろごろしてるなんていう話も聞くじゃないか。万が一、いや、億が一って気持ちで川へ捜しに行って――それで、見つけた。川の水で洗われたお前のジャケットは血も汚れも落ちて、きれいなものだったよ、河原の泥や土がついててもな。

この暑さでカラカラに乾いてもいた。とっさに、こいつと俺のジャケットを交換すればいいんじゃないかと思いついてね。俺はその時、処分に困った自分のジャケットを鞄に入れて持ち歩いてたからな。けれど自分のジャケットをそのまま着せるのには抵抗があった。襟についた皮膚片なんかを、警察が調べたりするんじゃないだろうかってな。だから燃やした。燃え残ったものをお前に着せて、俺はお前のジャケットを着て家に帰った。そのジャケットはどうしたかって？『転んだから汚れた』って普通に家の洗濯に出して、それから——クローゼットに放り込んであるよ」

滔々（とうとう）と語られる言葉。物語のように、他人事のように。

鈴鹿は藍原の血が付着したジャケットを、どうにかして処分しなければいけなかった。だが学校指定で替えのきかないジャケットを突然なくすというのは不自然だ。そこで藍原の着ている、比較的〝きれいな〟ジャケットを持ち帰り、自分の皮膚や藍原の血がついているものとすり替えた。

あの日、鈴鹿がどう行動して、どのような意図があってジャケットをすり替えたのか、それは十分すぎるほど理解することができた。けれど、それでも、納得のいかない部分がまだまだ残っている。藍原は足を踏み出した。鈴鹿はもう、その場から逃げようとはしなかった。

「鈴鹿、教えてくれ」

入学した時から、歩みをともにしてきた。同じ夢を持つ同志だと信頼していた。

「お前が俺を助けずに、川に放り込んだってことはわかった。でも、どうしてだ？　俺を助けたくないって、このまま殺してしまおうってお前に思わせた、その原因はいったい何だったんだ？　仮にも医療の道を目指すものなら、一番やっちゃいけないことだろ。助けられる命があるなら、それこそ命がけで助ける。そういう信念を持って、ずっといっしょに勉強してきたんじゃないのか」

鈴鹿が顔を大きくゆがめる。押し込めていた悪意がむき出しになる瞬間を見た気がして、藍原は思わず眉根を寄せた。

「――その考えなんだよ。お前の、その考え。ずっとずっと嫌で仕方がなかった。仲良くなるにつれ、お前の心の底を知るにつれ、反吐が出て仕方がなかった。人を助けるのが人間の本質？　本能？　笑わせるな。どこまで甘いんだ。ああ、腹が立って仕方がない。お前は俺のことを『医療従事者に向かない』なんて言うが、お前のようにきれい事の偽善者のほうが医療従事者になんかなるべきじゃない。いつかお前はその善意で誰かを殺す、あるいは誰かに殺される。やめろと叫びたかったんだよ。何がやりがいだ、本能だ、喜びだ。お前のようなやつはいつか必ず、自分の仕事を、自分がやっていることを神格化するだろう。割り切ることのできないやつはいつか、自分と他人を潰してしまう。お前のことが嫌いだった。正直、とっとと体でも壊して学校をやめてくれないかとさえ思ってた」

滝のようにあふれてくる言葉。白い泡を飛ばす口角。いっそ、鈴鹿がはじめから俺を直接殺してくれていればよかったのにとさえ、藍原は思った。圧倒的悪意で殺されていたほうがよかった。鈴鹿が愉快犯的殺人者で、俺を笑いながら川に突き飛ばしていたほうが、よほど救われた――。

「……だから、帰り道にお前の姿を見つけても、声をかける気にもなれなかったんだよ。いつもいっしょに帰ろうなんて言われて、うっとうしくて仕方がなかった。音楽かなんかに夢中になって、後ろにいる俺に気づかないお前のことも、非常識で、むかついて仕方がなかった。俺の目の前でお前が轢かれて、川に転がっていったお前を見て――思ったんだよ。助けたくないって。このまま衝撃で川に落ちたことにすれば、確実に死ぬんじゃないかって。そのほうが誰にとってもいいんじゃないかって思った。そう思っただけだ。いや、正直に言うと、ざまあみろって気持ちのほうが強かったとも思うよ。助けてもらえると思った相手に見捨てられるどころか、殺される気持ちはどうだ、ってな。どうせお前は俺のことを責めるんだろう。お前はいつも正しいものな。お前こそが正義で、お前が誰よりも賢いんだものな。人を助けるのが人間の本質？　じゃあお前にとって俺は人間じゃないいんだろう。俺のほうこそ医療従事者に向いてないって、そう思ってるんだろう。なあ。なあ！」

藍原は固く目を閉じる。やめろ、鈴鹿。言葉を塗り重ねなくたっていい。俺は馬鹿だ。けれど馬鹿だからこそわかる。お前が俺を川に放り込んで、その場を立ち去った理由は、複雑だが、異常なものではなかったんだってこと。混乱、動揺、逃げて、それでも後悔して、恐ろしくなって？　いや、俺が思ってるようにお前は思っていないのかもしれない。本当に、ただ純粋な悪意だけで俺を見捨てたのかもしれない。燃やしたジャケットを俺にわざわざ着せたのも、「お前は医の道を目指すな」というメッセージであったのか？　ならば、お前のほうこそ医というものを志すべきではない。それでも。

それでも。

藍原は拳を振り上げ、鈴鹿の頬を殴った。いやが応でも生命を感じるその温度と固さに、指が震え始める。

「俺は、これ以上お前を責めるつもりはない。学校をやめて、看護師を目指すのをやめろとも言わない」

藍原はかつて親友だったものに背を向ける。体中の血が熱くなっていた。呼吸が浅く、早くなる。止まっていた体にあらゆる〝動き〟が満ちるさまを、腹が立つほどの生々しさで実感していた。

「それでも、お前とはもう一緒に学べない。俺が学校に戻っても。お前と同じ道は、もう、歩めない――」

藍原は空を仰いだ。目頭からぬるい涙が垂れてくる。

心臓の音はこんなにもうるさく、しつこく、宿主の意志とは関係なく鼓動を刻むものなのかと、今さらのように実感していた。


朝は来る。陽は巡る。街は今日も日常の音に満ちて、間延びした、しかしせわしない時を刻んでいた。

川を背にして立ち、藍原は歩行者用信号が青になるのを待っていた。あの貼り紙は剥がされ、二週間前にここで事故があったことを示すものは何ひとつ残っていない。テスト期間は終わり、学生としての藍原はもう自由の身だ。額に玉のような汗がにじむ。生きているということを、うっとうしいほどに実感する暑さ。

青になった信号を渡り、迷わず歩いて行く。あの時、混乱する頭でさまようように導かれた場所へ。夢かもしれないと思った。元通りの生活に戻れば、幻のように消えてしまうものなのかと思っていた。けれど——ある。確信がある。望めばそこにたどり着けるのだという、根拠のない自信が。

うつむきがちに角を曲がり、しばらく歩く。そしてゆっくりと顔を上げ、藍原は目の前に現れた建物を見上げた。『屍人探偵社』の看板。あの日そうしたように、草の生えたアプローチを歩いて玄関を目指す。魔物の首のようなノッカーを二度叩いて、しばらく待つ。やはり返事はない。重い扉を開けて、藍原は薄暗いホールの中へと足を踏み入れた。片隅に置かれたカウチ、その上に長々と寝そべっている人物の姿を見て、思わずほっと息をついた。

「烏丸、さん」

「いないよ。きみが今見ている僕は、ただの残像だ。帰りたまえよ」

藍原はかぶりを振った。やはり、この男にさん付けなど不要なのかもしれない。

「それ、あんたの持ちネタか何かなのか？　二回目になるとさすがに通用しないぜ」

「僕は行間を読んでほしいだけ！　もう、せっかく今読んでる本がいいところだったのにさ。無事に〝生者〟に戻ったらしいきみが何の用だい。お礼ならいいよ。お金はいらないし、庭の草むしりなんかもしなくていい。僕、家が荒れ放題なほうが好きだからさ。そのほうが、いかにも屍人の棲む屋敷って感じがするだろ？」

烏丸はカウチから降り、藍原に背を向けたままで窓際に立った。拒絶とも、探りとも取れるような口調。藍原は居住まいを正す。

「まずは、改めて礼が言いたかったんだ。ありがとう。あんたのおかげで、俺は日常に戻ることができた。テストにも間に合って、無事に夏休みを迎えられたよ。地元の母親も、俺が盆に帰ってくるのを楽しみにしてる」

烏丸はぶるりと身を震わせ、ひょええええ、と鶏が風邪を引いた時のような声を出した。テストだなんだとおぞましい、などとぶつぶつ言っているが、落ち着かない様子で鼻のあたりを手でこすっている。照れ隠しなのか。礼を言われることに慣れていないのか——あるいは、今までの〝依頼人〟は礼を言えるような結末を迎えられなかったということなのか。屍人から無事に生者に戻ったとしても、である。

「……ただ、鈴鹿はすぐ学校に来なくなった。よく知らないけどやめたとも聞いてる。俺はもう連絡も取ってないし、あれからは顔も見てない。俺を轢いたドライバーがそのあとどうしたのかに関しても、正直よく知らないんだ。あの人が警察に行って、もし俺が当時の事故のことをいろいろ話さなきゃならないってんなら、その時はそうするだけさ」

烏丸はくるりと体の向きを変え、藍原の正面に向き直った。九十度近くに首を曲げて藍原を見つめている。帽子から覗く髪が、昼の陽を受けて白く光をはらんでいる。

「甘いねえ。蜂蜜の底にたまった糖の塊より甘いよ。ドライバーも鈴鹿も、あとの裁きは彼らの良心に任せますってことかい。よく平気でいられるね？　僕だったら吐いちゃいそう。街のどっかでまたそいつらと出会ったら、頭から吐物をぶちまけてやりたいね」

猫かあんたは？　やれやれ、ともう一度かぶりを振って、藍原は窓辺に立つ烏丸に近づく。探偵は灰白色の瞼を半ば閉じて、それこそ不機嫌な猫のように言った。

「なんだいなんだい。急に思い詰めた顔をして距離を縮めてくるんじゃないよ、気持ちが悪い」

「気持ちが悪いのは承知だよ。俺はこういう人間だから、もっと気持ちが悪いことを今から言う」

「嫌な予感がするね。言わなくていいよ」

「あんたの仕事を手伝いたい。屍人になってここに迷い込んでくる人が絶えないってんなら、俺もその人たちの助けになりたいんだ。屍人だった人間は生者に戻っても、屍人を〝殺す〟ことなく話せるんだろ？」

「ゲエーッやっぱりそう来ると思った！　なんだかきみ、ここに来た時からそんなことを言う気がしてたんだよね、まったく。あれから二週間姿を見せないと思ったら、そんな気色の悪いことばっかり考えてたのかい？」

「礼が遅くなったのは謝るよ。テストやら身の回りのことやらいろいろと片付けて、ちゃんと言いに来ようと思ってたんだ」

烏丸は半目のままで、口を引き結ぶ藍原の顔をじっと見つめていた。改めて近くで見ると、本当に不気味な男だ。冷たく、面妖としか言いようがなく、トリッキーで、そして、美しい。烏丸の今の外見からは、彼が生きていたころの面影を想像することすら難しい――それほどまでに彼はもう、人の手の届かない何かに成り果てているのだ。

屍人の身には何かと制約がつきまとう。生者である藍原にしかできないことも、ごまんとあるはずだ。

「さげすむなり、気持ち悪がるなり、好きにしろよ。あんなことがあっても、俺は俺の考えを曲げてはいない。人を助けたいと思うし、誰かの力になりたいと思う。ここに来る屍人だけじゃない。あんたの力になりたいんだ」

烏丸は丸い目を見開き、それからまた藍原に背を向けてしまった。何やら小声でぶつぶつとつぶやいているが、早口すぎてその内容は聞き取れない。指を回し、天井を仰ぎ、ぱん、と手を打って、それから眼球の動きだけで藍原を見る。その口元には、切れるような笑みが浮かんでいるように見えた。

「間抜けだね、きみは。屍人を慕ったって、ちっともいいことなんかないのにさ……」

藍原は深く頷いた。肯定と否定の意味を込めて、力強く。烏丸がほんの一瞬だけ見せた、弱々しい目の光にとまどわないように。

「けれど、そうだ。屍人から見事生者に戻ってみせたきみに、もっとえげつないものを見せてあげるのもいいな。殺された人間の思い。殺した人間の思い。きみはきっといろいろなものに触れることになるだろうさ。それはぐちゃぐちゃで、生暖かくて、耐えられないほどに悪臭がするものかもしれない――でも」

烏丸がぐるりと体の向きを変える。にわかに強くなった陽の光が、その細い体軀をシルエットめいて浮かび上がらせた。

「それこそ〝生きている〟ということじゃないか。それでいい。それでいい、だろう？」

藍原はもう一度頷く。今度は肯定の意味を強く込めて、足がすくまないように。

自分が触れた悪意以上のものを垣間見ても、決して逃げるまいと誓った。

第二話 そこにない家

肥田顕(ひだあきら)がどうしようもない男だということはわかっていた。早めに別れて、完全に縁を切ってしまったほうがいい人間であるということは、ほかの誰でもない、里奈子(りなこ)本人が身をもって思い知っている事実であった。

考えが浅く、幼稚。何に対しても我慢ができない。他罰的で努力を嫌う。ポジティブでいさえすれば大きな夢が掴めると思い込んでいて、そのくせ自分からは動こうとしない。高校を半年でやめ、仕事は続かず、単発のアルバイトをたまにやったかと思えば、一日スマートフォンをいじっているだけの日が続く。今年で二十六歳になるが、自分にはまだ無限の可能性があると根拠なく信じ切っている。自分がこんなにも不遇なのは、世間が悪いからだ、親が悪いからだ、俺を傷つけてきた教師が悪いからだ、友人が悪いからだ、俺を肯定しない恋人が――里奈子が悪いからだ――。

そして顕は里奈子を殴る。まだ言葉をうまく使えない子供が癇癪(かんしゃく)を起こした時のように、手加減なく、自分の気が済むまで。スイッチが入る理由のほとんどは、里奈子のちょっとした言葉によるものだった。「たまには外に出よう」「私だって、ずっと顕の面倒を見られるかどうかわからないよ」「続かなくてもいいから、まずは何か仕事を始めて」「責めてるんじゃない。顕が悪いって言ってるんじゃないのに――」

なんでだよ、どうしてだよ、と顕は里奈子に拳を振り上げる。里奈子を愛しているからこそ信じてほしいのに。なのに里奈子は俺を認めず、否定するだけ。だから俺はずっと苦しいんだ、つらくてどうしようもなくて、何もかもうまくいかないんだと。

状況は日に日に悪化していく。里奈子にとっても、顕にとっても。

付き合い始めはそうではなかった。飲食店のホールのアルバイトで出会って、シフトが同じ時によく話すようになって。いっしょに遊びに行くようになって。顕が里奈子に告白して。そのころは顕も明るかったし、里奈子以外の人間とも問題なく話せていた。けれど顕が精神的な苦痛を理由にその職場をやめ、里奈子と暮らすようになってから、状況は次第に変わっていった。顕は無気力になり――いや、はじめからそのような性質であっただけなのかもしれないが――里奈子のマンションに引きこもるようになってから、怒りっぽくなっていった。ケンカが増え、顕は里奈子に手を上げるようになる。

具体的に何が顕をそうさせて、何もかも悪いほうへと転がしているのかは、ふたりにもよくわからなかった。

今の顕や自分をどうやって救えばいいのか、里奈子にはまったくわからなかった。

　ワンルームマンションの小さな部屋に、夕刻の陽が差し込んでいる。

　カップラーメンの汁らしき残り香がするだけで、顕の姿はない。もう五年ほど使っている通勤用の鞄をどさりと置き、里奈子は床に座り込んだ。この部屋にこうしてひとりで座っているのは、久しぶりだ。

　顕はどこへ行ったのだろう。コンビニにでも行っているだけならいいのだが。里奈子は目を細めて夕日を見る。ベッドに放置された顕の部屋着、スナック菓子の油で汚れたゲーム機のコントローラー、放置されたゴミや光熱費の請求書を見たくなくて、目を閉じる。疲労に満ちた頭では、何も複雑なことを考えることができない。

「ただいま、買ってきたよ」。まだ顕がまともだったころ、ふたりの関係が良好であったころを思い出す。顕が夜中にコンビニへ行って、里奈子がほしいと言っていたアイスを買ってきてくれて。あのころの顕が、あの時の優しい笑顔の顕が、ふらりと帰ってくればいいのに。そうすれば里奈子も、笑って顕を迎え入れることができる。普通の恋人同士のように他愛もない話をして、それから——。

「ただいま」

　全身の血管が縮んだ。頭を低くした体勢で、里奈子は振り返る。

「あ……おかえり、顕。外に出るなんて珍しいね。コンビニ？」

「何、その言い方？　俺が外に出るのがそんなに珍しい？　俺は引きこもりの社会不適合者だからさ、どうせ行くのはコンビニくらいしかないだろって思ったわけ」

「違うよ、そういう意味で言ったんじゃない。コンビニに行ってきたの？　って聞いただけじゃん」

　部屋と廊下を隔てる戸を強く閉め、顕は薄手の上着を乱暴に脱ぐ。口元ではぶつぶつと、いらいらする、なんでいちいち否定してくるんだよ、せっかく俺が、などといった言葉を早口にまくし立てている。里奈子は構えていた体の力を抜いた。間違っちゃいけない。私がおびえたり反抗したりしても、顕がますます苦しくなるだけだ。

「顕」

　できるだけ普通に、なんの意図も込めない声で、里奈子は相手の名前を呼ぶ。顕はさげすむような目で里奈子の顔を睨みつけていた。

「私は顕のこと大好きだよ。だから否定することなんてないって言ってるじゃん。いつでも信じてるし、応援してるから」

「口ばっかり。そうやってきれい事を言うだけで、俺のことなんかまったく認めてないよな。うちの親と同じ」

　里奈子は顕の親に会ったことがない。顕の家庭にどれほどの問題があったのかはわからないが、顕が両親を憎んでいるならそれはそれでいいとも思っている。そのことを顕に伝えたら、なぜか里奈子のほうが怒られたのだけど。

「いいか？　信じてるとか応援してるって言うってことは、そいつに『いい子になれ、失敗するな』って強要してるのと同じなんだよ。悪い子でいるのは許しませんってな」

「そういう意味じゃない。なんでいつもネガティブな意味に取る――」

顕が壁を強く叩いて、里奈子は黙る。隣の住民が留守でありますようにと祈りながら、落ち着いた声で続けた。

「ごめん」

顕は拳を握り、歯をぎりぎりと噛み合わせていた。その右手には使い古したスマートフォンが握られている。胸に冷たいものが広がり、里奈子は眉間にしわを寄せた。なんだろう、あの端末は。顕がいつも持ち歩いているものじゃない。新しく購入するほどのお金は渡していないし、いったいどこで。なんのために？

ゆっくりと首を巡らせ、顕は里奈子のほうを見た。その表情に出会ったころの顕、まだ健康で〝間違って〟いないころの名残を見て、里奈子は胸元のシャツを握りしめた。顕の顔が近づいてくる。吐息が当たる距離で、うんざりするほどに聞き慣れた声が響いてくる。

「仕事を始めるんだよ。家の近くでできるし、収入もいい。高校の時の先輩が紹介してくれたんだ。里奈子には詳しいこと言えないけどさ、俺、頑張るから。里奈子からお金をもらわなくても生活できるように、俺、一所懸命やるから」

ほんとう？　よかった！　やったね、頑張ってね――そう言ったほうがよかったのかもしれない。だが頭と胸にもわっと湧き上がってきた疑念が、そんな肯定的な声をすべて押し流してしまった。

「詳しくは言えない仕事って、何？」

空気が張り詰めるのがわかった。顕の顔からにわかに表情が消えても、里奈子は言葉を止めることができなかった。

「収入がいいとか、高校の時の先輩から紹介してもらったとか、あんまりいい感じがしないよ。そのスマホも『仕事で使うから』ってもらったの？　ねえ顕、今『ちょっとした仕事をやらないか』って受け子とか、詐欺の手伝いさせられるのが問題になってるんだよ。仕事するのはいいけどさ、もっとちゃんとしたところで紹介してもらわないと。その先輩って、仲いい人だったの？　いや、仲がよくても駄目。友達でも信じられないことだってあるから――」

歯を食いしばる音が響く。関節が白くなるほど、顕は強く拳を握りしめていた。

「否定する。いつもいつも、否定する。里奈子は俺のことをいつもいつもいつも否定する……!!」

「違う、否定してない！　顕がそうやって簡単に騙されるから――」

ごっ、と重い音が響いて、里奈子は壁に叩きつけられた。

頬が熱い。殴られた、また。でもいつもと違う。目の前が真っ赤だ。頭がぐらぐら揺れて――痛い。痛い。痛いというより、熱い。ああ、そうか、何度も、何度も殴られているのか、私。逃げなきゃ。頭を守らなきゃ。でも、でも。足が動かない。手も動かない。誰か助けて。誰か。

意識が遠くなり、すべての景色と音が点と線になって消えていく。

「お前はいつもそうだ！　いつも！」と怒鳴る顕の声だけが、奇妙な明瞭さで里奈子の耳の奥に響き続けていた。


――ごめんなさい。

――ごめんなさい、顕。あなたを信じてあげられなくて。

――ごめんなさい、顕。あなたのやることなすこと、すべてを否定して。

――ごめんなさい。私が全部悪かったから。

──だから、顕。お願い。

──自暴自棄にならないで。私たちいつかはまた、仲良く──笑って──。

＊　＊　＊

目を覚ます。靄で覆われたような視界の曖昧さに、里奈子は瞼をこする。あれ、私は──時間も空間も、前後の記憶さえはっきりとしない感覚。反射的に身を起こそうとして、里奈子はうなり声を上げた。

頭が重い。腕にうまく力が入らない。そうだ……顕にすごく殴られて、そこからの記憶がないんだ。たぶん、衝撃で気を失ってしまったのだろう。なんとか動けるということは、たいした怪我はしなかったということなのだろうか？　殴られている時には、本当に死んでしまうかと思ったのに。本当に──息が止まって──。

にわかに焦りを覚え、里奈子は胸元のシャツを握りしめる。なんだろう。よくわからないが、自分は今ものすごい〝恐怖〟を感じたように思う。

当然といえば当然なのかもしれない。顕に手を上げられたことはこれまでにもあったが、今回ばかりは本当に死さえ覚悟したのだから。

顕がなぜあれほどまでに怒ったのかはよくわからない。持っていたスマートフォン、それに顕の言う「詳しくは言えない仕事」に関係しているのだろうが、それがまた不安をあおる要素になっている。

顕は何か悪いものに巻き込まれそうになっている。里奈子が止めなければ。

「った……!!」

声を上げながら、里奈子はなんとか身を起こす。痛い、とつい声に出してしまったが、実際に痛みを覚えたわけではなかった。体のどこにも痛みはないのに、四肢が動かしづらい。手足の接続が切れてしまったかのような、奇妙な感覚だ。

「顕?」

目を閉じて名前を呼ぶ。返事はない。それどころか、なんの音も聞こえてはこなかった。

「あれ……?」

声を漏らしながら、里奈子はもう一度瞼をこすった。床の感覚、漂うにおい、四方に広がる空間そのものの奇妙さにようやく気がついて、思わず立ち上がった。体にかけられていたらしいブランケットが滑り落ちる。何？　どこ？　どうして？　疑問符が次々に湧き上がり、頭が混乱する。ここは、里奈子の住むマンションの一室ではない。

知らない場所、いや、知らない部屋だ。じっとりと暑く、湿気のにおいがする。部屋の中は暗く、手元を見るのがやっとの明るさだ。床に置かれたランタンのようなものが周囲を照らしているだけで、天井や壁に照明器具は見当たらない。視界が悪いせいで広さはよくわからなかった。そっと足を踏み出す。里奈子は靴を履いていなかった。固い床の感触が、裸足の骨に直接伝わってくる。

——どうして？

ここがどこで、誰の部屋なのかはまったくわからない。けれど、はっきりしていることもある。自分をここに連れてきたのは顕だ。殴り、昏倒させ、動かなくなった里奈子を見て焦ったのだろう。知り合いの部屋なのか廃墟なのか、とにかく顕はこの暗い部屋に里奈子を連れてきた。八月の暑いさなか、里奈子がこのまま死んでも……かまわないとさえ顕は思ったのだろう——。

このまま、死んでも。

里奈子の胸に黒いものが広がる。再び強い不安に襲われ、里奈子はシャツの左胸を強く握った。掌を広げ、押しつける。肉の奥にある心臓、そのわずかな音を聞こうと意識を集中させる。

伝わってこない——何も——自分の鼓動を聞くにはどうすればいいのだろう？　そう

だ、脈。手首に指を当てるといいと聞いたことがある。二本の指で手首を包むようにして、里奈子はかすかな振動を捉えようとした。動いていない。手を上下させてみても、指の位置を変えても、薄い皮膚はぴくりとも動かなかった。〝息〟が浅くなる。空気を吸って吐いても、細胞に酸素が行き渡る気がしない。

里奈子は身をかがめた。思わず頭を抱える。私、どうなってるの？　痛みすらわからなくなる大怪我をして、体の機能が低下しているということなのだろうか。違う……違う。二十八年付き合ってきた自分の体だ、いつもと違うことくらいはちゃんとわかる。そしてそれが、どれほどまでに危機的で、異様な状況なのかも。

死んでるんだ。

私、幽霊になったわけでもなんでもない。

この体で、この肉体を持ったままで、死んでしまっているんだ。

衝動的に吐き気を覚え、里奈子は口元を押さえる。涙は出ない。気分が悪いのに、胃はぴくりとも動く気配がない。先ほどから感じている恐怖の正体を悟って、里奈子は足を踏み出した。ここから逃げなきゃ。わけはわからないけれど、誰かに見られてはいけないような気がする。今の自分の体の状態を、誰かに悟られてはいけないような気がしている。

硬い床を蹴って走り出す。唐突に何かにぶつかって、里奈子はその表面を撫でた。これは——壁？　だが部屋の端についたという感じがしない。壁に沿って、おそるおそる足を踏み出してみる。直角に曲がる感覚が三回続いたところで、足を止めた。

壁に囲まれた二メートル四方の空間が、ここにあるらしい。だが、何のために？

さらに手を滑らせると、ノブらしいものに指先が触れた。緊張でこわばる指をなんとか動かし、里奈子は扉を開く。

暗くてよく見えない。扉のすぐそばにあったスイッチを押してみると、ぱっと視界が白くなる。

下へ伸びる階段だ。四方の壁と扉は、階下へ転落しないようにするためのものであったのか。

里奈子は下を覗く。急な階段を降りた先はよく見えず、何があるかもわからない。扉から離れてまた部屋の中を見回しても、上に向かう階段らしきものは見当たらなかった。

ここが二階以上のフロアであった場合、窓から出るのは危険だ。足を踏み出し、里奈子は慎重に段を下りていった。三段、四段、五段、六段。踊り場らしい箇所を曲がる。フロアが変わった気配がした。まだ階段が続いている——下りる。踊り場を回る。またしてもフロアが変わる。どこまで、どこまで下りればいいの？　足を速めながら、里奈子はひたすら階下を、出口があるであろう階を目指した。踊り場を回り——急な段差の短い直線を駆け下りて——。

階下にわずかな光が見えた。玄関の窓から漏れる明かりだ、と里奈子はとっさに悟る。ここは民家なのだろうか。階段を降りきったすぐそばには片面ドアの玄関があって、その明かり取りの窓から街灯の光らしいものが見えている。

里奈子は裸足のままで、玄関の土間に降り立った。シリンダー錠のつまみを回して鍵を外し、ドアを一気に押し開ける。外に飛び出したあとはひたすら走った。見慣れない街、見慣れない住宅街を、本当はもう動くはずのない足で必死に、懸命に、それらの言葉がむなしくなるほどがむしゃらに走り抜けた。

里奈子を追いかけてくるものはいない。青白く道を照らす街灯だけが、その影を黙って見送っていた。

＊　＊　＊

蟬（せみ）が鳴いている。いや、鳴いていない。八月の初旬、世界はまさに夏真っ盛りだというのに、蟬すらも暑くて動く気にはならないらしい。そんな猛暑はおかまいなしと言わんばかりに繁茂する雑草をかき分けながら、藍原は額の汗を拭った。まったく――「庭の草抜き？　やらないよ！　そのほうがいかにも屍人の棲む屋敷って感じがするからね」じゃないんだよ。それにしても草が踏み固められていないが、烏丸のやつ、このところ家の外にすら出ていないんじゃないだろうか。ようやくのことで玄関にたどり着き、魔物の首のようなノッカーを二度叩く。返事はない。ドアに手をかけ、藍原は勝手に中へと入る。ホールの真ん中で立ち止まって、声を張り上げた。

「烏丸さん！　入るぞ」

「入るぞ、じゃない、もう入ってるじゃないか！　邪魔するんだったら帰ってくれたまえよ、僕は今バカンスの真っ最中なんだ。無駄な時間をむさぼることに集中しきっているんだからね、猫どころか虫の子一匹だって入れないぞ」

烏丸の言葉が終わらないうちに、藍原は寝室へと続くドアを開ける。深紅の長椅子に寝そべった烏丸が、何やら毒々しい青色の液体が入ったグラスを傾けていた。

「なんだよそれ。洗濯洗剤か？」

「ブルーハワイだよ。知ってるかい、馬鹿みたいな色をしたかき氷のシロップ。それをお気に入りのグラスに注いで、喉が焼けるような甘さを味わっているのさ。ほうら、赤い花を添えればますますバカンスっぽさが際立つだろう。ああ、心地がいい。ここはプールサイドだ。僕は今まぶしい空の下にいて、何もしない贅沢な時間を味わっている」

　埃っぽいカーテンを開け、藍原は草がぼうぼうの裏庭といつもの暑苦しい格好をした烏丸を交互に見る。烏丸はザクロの花らしいものをグラスに浮かべて、その中の青い液体をくるくると回していた。

　屍人である烏丸はものを飲み食いすることができない。食料がなくても活動できるということは、食べる楽しみも飲む楽しみもないということだ。烏丸はときどきこうやって飲み物や食べ物を口に入れて、飲食をするふりを味わっているらしい。口にしたものはあとで全部吐いてしまうらしいが。

「夏を味わいたいってんなら、庭にビニールプールでも出してやるよ。水につかってたらちょっとは涼しい気分も味わえるんじゃないか」

「大の大人の僕が？　ちびっ子みたいな海水パンツを穿いて、イルカやらの描かれたプールに入るってのか？　ひゃあ、我ながら想像するだけでも気色の悪い光景じゃないか！　考えただけではずかしくて死んじゃいそうだよ、もう半分死んでるけどね」

「笑えないジョークはやめろっての。あんたが退屈そうだから誘ってやったんだろ」

「そりゃお気遣いどうも。でもご同情には及ばないよ。僕は自分のご機嫌を取る名人だからね。この愛しき屋敷の中でバカンスだってするし、豪華な晩餐会だって開くし、舞踏会だってやってみせる。ぜんぶひとりで、それはもう賑やかにね！　だから退屈することはない。それにしてもきみは暇なのかい。このところ、二日おきくらいに僕の探偵社に顔を出してるけどさ」

「ちゃんと盆には実家に帰るし、バイトもそれなりにやってるよ。こう見えて充実した学生生活を送ってるんだぜ」

あの一件以来、藍原は看護学校のほかの友人たちともなんとなく距離を置くようになった。烏丸の探偵社にしょっちゅう顔を出しているのは、長期休みに遊ぶような学友がいないから、という寂しい理由もある。アルバイトも勉強も、変わらずに頑張ってはいるのだけど。

そういう烏丸こそ帰る家はあるのか——と聞きかけて、藍原は口を結ぶ。烏丸の寝そべる深紅の長椅子の後ろには、光る生首を指さす女の絵が掲げられている。美術の教科書で見たことがあるが、確かモローという名の画家の絵ではなかったか。

「そりゃいいことだ。僕はまったくもって退屈していないし、日々やることが盛りだくさんで目が回るほど忙しい。きみもまた学業に労働に充実した毎日を過ごしている。じゃあきみがここにいて僕と空気ばっかかりの菓子みたいな会話を繰り広げる必要はまったくないってこと。帰って？」

「いや、あんたどう見ても忙しくはないだろ。毎日ごろごろしてるだけじゃねえか」

「忙しぃよ！　朝を迎えてから日付が変わるまで、あれやってこれやって、依頼人の話を聞いて解決して……ああ忙しい……」

「依頼人、見たことないぞ」

　藍原が屍人探偵社に通うようになって一ヶ月近く経つが、〝依頼人〟である屍人どころか鳥の一羽すらこの屋敷を訪ねてはきていない。いつ訪ねても、烏丸が長椅子でごろんと寝そべっているだけだ。

「きみが見たことないだけさ！　来てるよ、大量に押しかけてる。我が身に降りかかった珍事にとまどう哀れな屍たちが、夜となく昼となく屋敷の戸を叩いて——」

「来てねえって」

　烏丸はうさんくさい男だが、嘘をつくような人間ではない。本当に戸を叩く音が昼夜問わず聞こえているとしたら、それは烏丸の認知能力にゆゆしき問題が起きていることを意味している。視線を落として相手を見つめる藍原に、烏丸はむっとした表情をしてみせた。

「なんだい、その巣から落ちた雛(ひな)を見るような目は。本当に聞こえていると言っただろ。

ほら。今でも聞こえてる。どんどん、どんどんと、すがりつくようにドアを叩く音が聞こえてるじゃないか」

「だから、聞こえな――」

藍原は言葉を止める。空気を細く貫くような、低くも甲高くもある音。二度、間を空けて二度、と一定の間隔で繰り返される響き。

間違いない。誰かが玄関ドアのノッカーを叩いているのだ。

「ほうら、来てた」

烏丸が言いながら立つと同時に、藍原も玄関のほうへと足を向けていた。広いホールをふたりでもみ合いになりながら横切る。

無言の押しあいと、意味のない意地のやりとり。ノブに手をかけたのは同時だった。ふたりで玄関扉を引きあけ、烏丸と藍原はこれまた同時に声を上げた。

「やあ、屍人探偵社にようこそ！　言っておくけど浮気調査だの人捜しだのはやらないよ、僕が依頼を受けるのはさまよえる哀れな存在だけだから、生き生きと日々の地獄を送ってるだけの人間は帰ってね！」

「烏丸探偵社です。どうなさいましたか⁉」

同じタイミングで台詞（せりふ）を言い終わり、烏丸と藍原は顔を見合わせる。目鼻を寄せて威嚇してくる烏丸に、藍原も口元を曲げて応えた。視線を戻す。玄関前に立つ人物の姿を少し高いところから確かめて、藍原は息をのんだ。

二十代後半くらいの女性だ。通勤用の服らしいシンプルな装いをして、胸の前で手を握り合わせている。肩まで伸びた髪はべたりと顔にまとわりつき、その目はおびえた様子で珍妙な男の姿——烏丸と、その傍らに立つ藍原を見上げていた。

藍原の鼓動が速くなる。紙のような顔色に、色を失った爪。生物らしい動きの感じられない胸元と、硬直したままの口元。

わかる。この女性は屍人だ。無残に殺され、わけもわからないまま動く屍として目覚め、すがるような思いでこの探偵社の門を叩いた——。

「あの……」

言葉をひとつ絞り出して、女性はまた押し黙ってしまった。烏丸が一歩身を引き、薄暗い玄関ホールを指し示して笑う。

「まあ、立ち話もなんだから、中へお入りよ。宇宙の端っこみたいに冷えたブルーハワイも用意してあるよ」

女性は少し肩をすくめ、一歩身を引くようなそぶりを見せた。それでも、その表情はわずかに緩んでいる。混乱の中でようやく見つけた居場所に、苦い安堵を抱くように。

「暑い中でずっと立ってるのはよくない。手足を動かさない屍人は、すぐに腐っちゃうからさ」

　今が真夏であることを思い出したかのように、蟬たちが一斉に鳴き始めた。

　屍人について烏丸の話を聞き、藍原の補足を聞き、（あとで吐き出さなければいけない）ブルーハワイ色のドリンクを飲んでも――女性の顔色は変わらなかった。

　頰に赤みが差したりしないのは当然なのだが、そこに浮かんだ表情の色調のようなものが変わらないのだ。ほとんど口を開かずにふたりの話を聞いていた女性は、呆然として客用の椅子に腰を下ろしている。

　無理もないか、と藍原は思った。屍人。生と死の狭間に置かれた存在。生きるための復讐。もう一度もとの生活を送るためには、自分を殺した人間を見つけ、糾弾するしかない。そんなことを言われたって、夢じゃないかとしか思えないだろう。だが心臓は確かに止まっていて、それでも自分は考え、動いて、ここにいる。混乱するなというほうが無理だ。

「――今話したことが、生き返るための条件ってこと。簡単なようでいて難しい。そこで僕らの助けが必要ってわけさ」

〝生〟を表すボールを両手でもてあそびながら、烏丸はにこっと笑みを浮かべてみせた。ボールを用いたたとえ話と、示される条件。藍原に説明した時と同じ手順だが、その口ぶりは慣れたものだった。数百人の屍人を相手にしてきたという烏丸の話は、あながち誇張ではないのかもしれない。

「僕、この烏丸白檀と、後ろに立ってる大木みたいな男――藍原剛力くんの助けがね。彼、あんな見た目だけど頭の回転はわりと速くて、それに腕っ節は強いから。動かせない岩があった時なんかに頼ればいい」

俺はモンスターか何かかよ、と藍原は烏丸を睨む。膝を合わせ、小さく前かがみになった女性に向かって、できるだけゆっくりと声をかけた。

「突然のことでびっくりしたと思いますが、烏丸さんが言っていることは本当です。親しい人には会えないし、病院や警察へ下手に駆け込むこともできない。つらいのはわかります――俺もそうだったから。だから、何があったか俺たちに話してくれませんか。できることなら何でもやりますから」

女性は視線をさまよわせた。何かを警戒し、おびえるような表情だ。藍原に目配せをして、烏丸はまた笑みを浮かべる。そして羽のように柔らかく言った。

「大丈夫だよ。ここにそいつはいない。きみをひどく痛めつけたやつがたとえここに殴り込んできたとしても、さっき言ったとおり、このゴーリキくんがやっつけてくれるからさ。まずは、名前からでも何でも。きみのことを話せるだけ話してくれないかな」

女性は身をすくめて、両手で抱えるようにして二の腕を押さえた。真夏だというのに長袖のシャツを着て、肌が透けないように薄手のアンダーウェアも着用しているらしい。女性は何を隠そうとしているのだろう。このたびの致命傷になった傷跡か、それとも日常的に増え続けた痣なのか。

「丸井（まるい）、里奈子です。都内の飲食店で働いていて――ホール担当です――歳は、二十八歳。家はワンルームのマンションです。五年付き合ってる彼氏と同棲しています」

箇条書きのように語られるプロフィール。里奈子と名乗った女性は、恋人の話に触れたタイミングで目を伏せた。彼女を陶器のような目でまっすぐに見据え、烏丸は言う。

「うん、すばらしく特筆すべきところのないプロフィールだね。そしてきみの態度と話の流れから察するに――きみの家に居座っている彼氏というものがきみを殴打し、死に追いやった人間であるということで、合っているかな？」

里奈子は目を見開く。唇をほとんど動かさずに返した。

「どうしてわかるんですか？」

「きみの衣服についた毛髪とその襟の汚れ具合を見る限り、きみの職業が飲食業で恋人が激高しやすい人間であるということがわかるんだよ——なんてのは嘘。僕は今のところ、きみにまつわる人物をきみ自身とその恋人くんしか知らないからね。誰かが話題に出るたびに当てずっぽうで『犯人じゃないか』と言ってみようと思っただけさ」

藍原は顎を引く。当てずっぽう、と言ってはいるが、烏丸ははじめから「身内の犯行である」とあたりをつけていたのではないか。里奈子のおびえた態度と、何かから逃げたがっているような表情。全身の痣を隠す服装。通り魔に襲われて逃げてきたのなら、ここまで言葉を濁すこともないだろう。里奈子は自分を死に追いやった人間におびえつつ、かばおうともしているのだ。

「殺人は身内ないし知人によるものが圧倒的に多いというじゃないか。さらに言うと、その恋人くんはきみに依存しきっていて、働かない。そしてきみがそんな生活のことを指摘すると烈火のごとく怒るんだ」

里奈子は目を閉じる。烏丸は相手の反応を見ながら自分の発言が正か誤かを判断し、言葉をつむいでいるらしいのだ。偽ものの占い師みたいな手法だな、と藍原は思う。

「それは日常的に繰り返されて、暴力を伴うものでもあったのだろう。今回のこともそうだ。きみが恋人くんの仕事なり将来なりに至極まっとうな指摘をして、それが彼を激しく怒らせた。きみはいつもより強く殴打され、それが命を奪う原因になったわけだ。

陳腐で、ありふれていて、まったくもって評するに値しない出来事だよ」

吐き捨てるように言って、烏丸は椅子に背を預ける。その嫌悪は事態の凡庸さよりも、事態を引き起こした里奈子の恋人に対して向けられているようでもあった。

里奈子は頭を垂れていた。髪の間から覗くうなじに、青黒い痣が見える。絞殺のあとではない。失血か、脳内の出血か。里奈子の弱々しい体から命を奪った手段はなんなのだろうと、藍原は重い思案を巡らせる。

「……責めるつもりはなかったんです。こう言うと、顕は——恋人は、それでもお前の言い方が悪いんだ、俺を馬鹿にしてるからそんな言葉が出るんだって、いつも言うんですけど。でも、ほんとうに、彼が仕事を見つけようとしてることに関してとか、そんなことを悪く言うつもりはなかったんです。ただ、『仕事を始める』なんて急に言われて、心配になっちゃって。私には詳しく言えない内容だって言うし、仕事が始まる前からスマホをもらっていたりするから。何か特殊詐欺みたいなものに巻き込まれてるんじゃないかって、そう思ったんです」

「普段はまったく働かないその顕さんが、突然仕事を見つけてきた。しかしその内容は怪しく、詐欺グループの片棒を担がされてるんじゃないかと思った里奈子さんはそれを顕さんに指摘した。そこで怒った顕さんが里奈子さんを殴って、里奈子さんは命を落とした——ということで、合っていますか?」

烏丸が椅子にふんぞり返ったまま動かないので、藍原は代わりに話をまとめる。里奈子は頷き、シャツの袖口を伸ばしながら答えた。

「仕事から帰ってきて、顕が珍しく外に出ていたから、話をしたんです。私がその仕事は怪しいよって言うと、顕が怒って。いつもより強く殴られたな、ということは覚えています。でもそこからは急に記憶がなくて——気づいたら、マンションの部屋じゃないところに寝かされていました」

「自室マンションではない場所に、ですか?」

藍原は聞き返し、烏丸も身を起こす。里奈子は額に手を当てながら答えた。

「はい。民家だと思うんですけど、いろいろと妙な感じでした。私がいたのは照明がほとんどない部屋で、目立った家具はなくて。扉のついた納戸みたいなところを開けると階段だけがあって。一階、二階、三階……って階が変わる感じがしたので、私が寝かされてたのは四階だったと思います。玄関は普通な感じで、外観は——怖くて振り向かずに走ったので、よく見ていません。すみません」

「ふむ。そうしてきみはがむしゃらに逃げ続けて、ぼくのところまでやってきた、と。その民家がある界隈に見覚えはあったのかい」

「いえ、知らない住宅街でした。とにかく十分くらい必死に走ってたら知ってる通りまで出たので、住んでるマンションからそこまで遠いわけではないと思うんですけど――そこからどのくらい歩いて、ここにたどり着いたかは……あれ――すみません、わかりません。時計もスマホも持っていなかったから時間がわからなくて。自分がいつからあの部屋に寝かされてて、今がいつなのかも実は――わからなくて――」

二の腕を押さえ、里奈子はうなだれる。藍原にはその気持ちが痛いほどわかった。何が起こったかも把握できないまま命を奪われ、生きることも死ぬこともできない身になって。時間の感覚もなく、親しいものに頼ることもできない。その心細さがつらいほどにわかるのだ。

「今は八月五日、朝の九時五分です。里奈子さんがその恋人に殺され――殴られたのはいつだったか、覚えていますか？」

「はい。二日の夕方でした。今が五日ということは、目を覚ましたのは四日の夜中になると思います。私、二日くらいあの部屋に放っておかれたんですね」

里奈子は強く唇を噛んでいた。自分の恋人が――たとえ、それが世間で言うところのクズであったとしても――寝食を共にしている恋人が、自分を殴打し、死に至らしめた。傷つ恋人はそれに罪の意識を覚えるどころか、隠蔽と保身のみを考えた行動に走った。傷つくなというほうが無理な話だ。うつむく里奈子に向かって強く頷き、藍原は烏丸に声をかける。

「里奈子さんを殺した犯人はもうわかってる。里奈子さんが住んでいたマンションに行けば、そいつの足取りをたどれるかもしれない。いや、もしかしたら何食わぬ顔をしてそこに住み続けてるかもなんだろ。だったら今すぐにでも乗り込んでやればいいんじゃないか、烏丸さん？」

烏丸は帽子からはみ出た毛を指先でいじりながら、ふうん、と長く声を漏らした。そしてばね仕掛けの人形のように立ち上がって、通る声で言う。

「いや！　それじゃあ面白くない。ゴーリキくんの考えもいいところを突いてるとは思うけどね。そのクズを煮詰めたような男はまだ里奈子さんのマンションに居座ってるはずさ。家族や職場の人にばれるまでは安全と思っているかもしれないし、里奈子さんは病気でしばらく休むといった嘘の連絡を職場に入れているかもしれない。手元の金がつきるまでは部屋にかじりついてやろうと考えているだろうさ。だから――だからこそ、面白くないんだよ。きみ。里奈子さん。その男をいっしょにぶん殴りに行く前に、きみがほうっておかれた場所をもう一度見てみたいとは思わないかい」

「え……あの場所、ですか――」

「おい！」

立ち上がった烏丸の腕を摑み、藍原は無言でその灰色の顔を見つめる。あんたは何を言ってるんだ、面白いとか、面白くないとか。そういう問題じゃないだろ、そいつが逃げちまう前にとっ捕まえて、里奈子さんの無念を晴らしてやらないと——押し寄せる言葉を口に出そうとしたその時、烏丸が人差し指を口元に添えた。息まじりの声が藍原の耳にだけ届く。

「まだ早い。あの子にはまだ、加害者に対する怒りが足りない」

藍原は指の力を緩めた。「わかるだろ？」とでも言いたげな視線を藍原によこしてから、烏丸は道化た声を上げてみせた。

「そう！　足取りをたどるのは屍人探偵の調査の基本中の基本ってね！　きみがどのくらい歩いて僕の探偵社までやってきたのかはわからないけどさ、炎天下のピクニックだと思ってまあその場所まで行ってみることにしようじゃないか。案外さ——ほら——やっぱりきみを哀れに思ったその男が、花のひとつでも供えに来るかもしれないよ？」

里奈子は顔をゆがめ、また強く唇を嚙んだ。何かを振り払うように瞬きを繰り返してから、ようやく首を縦に振る。

その苦い表情の下でどんな複雑な色の炎が燃えているのか、藍原には理解してやることができなかった。

里奈子はとまどいながらも、自分がたどった道を烏丸と藍原に案内してくれた。容赦なく日が照りつける道を、三人で言葉少なに歩いて行く。橋を越え、街の境界を越え、藍原にはなじみのない界隈を抜け、さらに西へ。コンビニで調達した巨大なペットボトルの水をがぶがぶ飲みながら、藍原はひたすら里奈子の背を、そしてその後ろを歩く烏丸の背を追い続けた。何が楽しいのか、烏丸は左に右に揺れ動きながら鼻歌など漏らしている。里奈子が少しでも安心できるように、何か声でもかけてやればいいものを。

「かなり歩かれたんですね」

嫌でも視界に入る烏丸の背越しに、藍原は里奈子に語りかける。里奈子は振り向き、申し訳なさそうに頭を下げた。

「はい――すみません。遠くまで付き合わせてしまって」

怯えを感じさせる声だ。相手を刺激しないよう、機嫌を損ねないようにと絞り出された言葉。彼女が送ってきた日々のことを思いやって、藍原は眉をひそめる。なんと言ってやればいいのだろう。

「大丈夫です。俺、歩くの好きですから」

　ペットボトルの水にまた口をつけて、藍原は微笑む。それでも里奈子の顔はこわばったままだ。ちら、ちらと視線を送っているところを見ると、烏丸の態度が気になっているのかもしれない。

「烏丸さんなら気にしなくてもいいですよ。どんなに暑くたって平気ですし、いくら歩かせても肉体的に疲れるってことはありませんから。気を遣わなくてもいいです」

「いやだ。もう疲れた。帰る。今すぐ家に帰って、甘くて冷たいものを飲んで盛大に吐きたい」

「気にしなくていい、無視していいですからね！　頑張れよ烏丸さん、里奈子さんの足取りをたどってみようって言い出したのはあんただろ？」

「でもさあ、どんだけ僕が頑張って歩いたと思ってるんだよ。せいぜい一キロくらいの距離だと思ったのに。ほんとに目的地に近づいてるの？」

　ぐねぐねと体を揺らす烏丸の腕を、藍原は強めに摑んだ。低い声で語りかける。

「おい」

「何さ」

「頑張れよ。努力しろ」

「やなこった。暑いし足は疲れるしもう帰りたい。薄暗い部屋でかわいい海獣(かいじゅう)みたいにごろごろしてたいんだよ」

「あんた、ほんとどうしようもな――」

「それに、僕がやる気を出したって仕方ないだろ？　気合いを入れなきゃいけないのは彼女、当事者にしかわからないことがごまんとあるんだからさ」

藍原は浅く息をのみ、すぐそばに立つ里奈子を見やった。里奈子はとまどうように視線をさまよわせ、両手を握り合わせている。そうだ――藍原や烏丸だけが躍起になっても仕方がない。里奈子にその気がなければ、「なんとしてでも復讐してやる」という意志がなければ、ボールは生のほうへと転がってはくれないのだから。

「里奈子さん」

烏丸の腕を離し、藍原は里奈子へと歩み寄る。自分の図体が弱い立場の相手に圧力を感じさせるものであることは、自覚しているつもりだ。できるだけ柔らかな声で語りかける。

「その、怖いですか？　あなたの体が遺棄された現場に戻ったら、犯人に会うかもしれない。事件を解決するっていう点では好都合かもしれないですけど、里奈子さんは不安なんじゃないかって……」

里奈子は眉をひそめ、しばらくは何もない空間を見つめていた。そして決心したような声で答える。

「いえ、大丈夫です。今は烏丸さんも藍原さんもいますし。自分で、なんとかしようと思います」

肩を大きく上下させて、里奈子は周囲を見回した。片側二車線の道路が走る、何の特徴もない街の一画だ。友人知人の家でもなければ、まず訪ねることはない界隈だろう。

「ここ、住んでるマンションからそこまで遠くない場所なんです。家からちょっと離れた病院に行った時にバスに乗って、このへんで降りたことがあって……。放置されてた建物を飛び出してからは十分くらい走って、このあたりに出たんです」

「里奈子さんが放置されていた建物と自宅は、そんなに離れてないってことになりますね」

「そうだと思います。徒歩で回れる範囲というか、バスに乗れば十五分もかからずに着く距離だと」

「半径二キロメートルの世界ってことか」

帽子のつばをいじっていた烏丸が、唐突に口を挟んでくる。その黒い唇からさらに言葉が漏れた。

「街から出ない生活って退屈じゃないのかなあ。たまには日常を離れて遠出したくなるのが普通ってもんじゃない？」

「なんだよ、急に悪口か？」

あんたの生活も同じようなもんだろ——と言いかけた藍原の口を、烏丸の白い手袋が塞ぐ。埃と香のまざった強烈に甘ったるいにおいに、藍原は目を白黒させた。

「でも、ある意味それは好都合。きみがそんな生活を送っていたということは、同居人だってご同様というやつだ。その恋人くんも、遠出なんかしないやつだったんだろう？」

「遠出どころか、近くのコンビニにもめったに行かない生活でした。そんな感じだから仕事なんて見つけられっこないって、私も内心思ってて」

「目隠しの亀が木の穴に頭突っ込むより難しいだろうね」

「だから顕が『仕事を始める』って言った時は——不安しかなくて——」

「里奈子さん？」

急に言葉を切った里奈子の顔を、藍原は上から覗き込む。光のない里奈子の目は、まっすぐに一点を見つめているようであった。

「あれ。あの看板。見た覚えがあります」

里奈子の指し示す先には、虹の意匠をあしらった耳鼻咽喉科の看板があった。独特のデザインが、何の特徴もない街角でひときわ異彩を放っている。

　里奈子は何も言わず、看板のほうへ向かって歩き出した。烏丸がふざけた足取りでそれを追う。少し遅れて藍原もあとに続く。それにしても暑い。火にかけたフライパンの中に放り込まれたような熱気だ。

「建物を出てしばらく走ったあとは、この看板を左手に見た気がします」

　看板の下で足を止めた里奈子は、周囲を見回してそう言った。看板は片側二車線と片側一車線の道路が交わる交差点に立っている。

「これを左手に見たということは、里奈子さんはあっちから——西のほうから東に向かって走ってきたってことですね」

　東西に延びる片側一車線の道路を見やりながら、藍原は言った。里奈子が走ってきたほうは住宅街になっているらしい。一度来たぐらいではとても道順など覚えられそうもない、いわゆる普通の住宅密集地だ。

「はい。ライトアップされたこの看板が見えてきて、ちょっと人心地がついたことを覚えています。それまでは、暗い住宅街を走っていましたから」

「ということは、ここから西に向かっていけば目的の建物があるかもしれないってことか。烏丸さん！」

探偵の名を呼び、藍原は「行くぞ」と目で合図を送る。烏丸は手をひさしのようにして目の上に当て、あたりをきょろきょろと見回していた。頬を膨らませ、どこか上の空だ。

「どうしたんだよ。何か見つけたのか？」

「いや、どこを見ても豆腐、豆腐、豆腐だなあと思って」

「豆腐？」

「そうさ、豆腐。建築のけの字もわかってなさそうなきみでも、ひと目見ればわかるだろう。ここから先の住宅街さ、ほとんどの家が白い箱形の外観をしてるんだよ。豆腐の集団さ」

西に広がる住宅街を見やり、藍原はむう、と首をかしげた。確かに同じような作りの家が並んでいる、ようには見えるのだが。

「家なんて、だいたい白い箱形の見た目になるもんなんじゃねえのか」

「なんだいなんだい、その『カレーなんて誰が作っても同じ味になるんじゃないか』っていうくらい無知蒙昧(もうまい)で面白みのないコメント！　建物の自律性と他律性をここでとやかく言うつもりはないけどさあ、せめて、この住宅街が他と一線を画すところはないかと観察してからものを言いたまえよ。この豆腐の群れを豆腐たらしめている特徴は何かってな」

「豆腐を豆腐たらしめている……？」

つぶやいて、藍原は道の先に広がる住宅街をじっと見つめる。白やベージュの外壁をした、二階建ての住宅、住宅、住宅。敷地の境界はブロック塀で仕切られ、道に面した塀にはちょっとした意匠があしらわれている。車が一台ほど停められる駐車場と、小さな庭。庭の取り方やデザインの感じからすると、どれも三十年から四十年ほど前に建てられたものに違いない。藍原の祖父母の家も、似たようなつくりをしていたものだ。四角い積み木を積んだようなシルエットに、これまた四角の――。

「バルコニー？」

言葉が漏れた。建ち並ぶ住宅の二階には、どれも広めのバルコニーが備えられている。

「なんか、じいちゃん家もそうだったんだけど、三、四十年前の一戸建てってでかめのバルコニーがあるところが多いよな。個人的な印象だけどさ。はやりだったのかなんなのかよくわかんねえけど」

「ああ、そうとも。一家全員が寝そべって干物になれそうなバルコニーだ。それに、平らな屋根。平たい屋根ってのは二十世紀に入ってからの画期的な発明らしいよ。それまで屋根ってものは三角かドーム型、雨水を下に流すための形状でなければいけなかったからね」

「だから豆腐ってことか」

やりとりをする藍原と烏丸を、里奈子は火の消えたような表情で見つめていた。人の会話には積極的に入ってこようとしない性格なのかもしれない。藍原は軽く頭を下げ、歩き出そうとしていた里奈子に歩み寄る。

「すみません。とにかく、この先に行ってみましょうか」

里奈子は頷き、住宅街に延びる道を西へと向かって歩き始める。烏丸も黙ってあとを追い、藍原も続く。まさに閑静な、としか言いようのない住宅街だ。平日の昼間だからなのか、この暑さのせいか、道を歩く人はほとんどいない。

「その建物を飛び出してきたあとは、誰にも会わなかったんですね」

藍原の質問に、里奈子は浅く頷く。首をせわしなく動かして、目的の建物を懸命に捜しているようだ。

「夜中はますます人通りがなくなるか……」

藍原はぽつりと漏らす。烏丸がすぐに答えた。

「ああ。それこそ死体を担いで歩いていても、誰にも見とがめられないかもね」

「ほんとか？　よっぽど運がよかったら誰にも会わないだろうけどよ――ん？　てこと

は、だ。犯人の男は車か何かを使ったってことか？　車の後部座席に里奈子さんを乗せれば、それこそ誰にも疑われずに建物の中まで運ぶことができるだろ」

「それはどうだろうねえ。聞く限りポンコツを煮詰めてどろどろにしたようなやつだし、免許を持ってるとは思えない。無免許運転をする度胸もないといったところかな。里奈子さんくらいの小柄な人物であれば、キャリーケースに詰めることだってできるよ。ねえ、里奈子さん」

　里奈子はびくっと身をすくめ、青い顔のままで振り返った。自分の体の運搬方法など、話題にしたくはないだろうに。

「……私も背が高いほうではないので、大型のキャリーケースなら入れるかもしれません。試したことはないですが」

「じゃあそのでくの棒太郎くんは、きみをキャリーケースに入れてここまで運んできたかもしれないってことだ。隠蔽と保身の意図しか感じない行動だね」

「そう思います。でも――」

「どうされました？」

「私のマンションには、そんな大きなサイズのキャリーケースは置いていなかったんです。顕と住み始めてからは、旅行に行くこともなかったですから」

「じゃあそのキャリーケースは、顕さんが用意したものだったということですか？」

「おそらく。顕が私を運ぶために調達してきたんだとしたら、どこから……って疑問も残るんですけど」

出所のわからないキャリーケースは、例の怪しい仕事にも関係があるのだろうか。ますます雲行きが怪しくなってきた。その顕という男は、特殊詐欺よりもっと凶悪な犯罪に手を染めようとしていたのかもしれない。

「あ、鉢の植物が全部枯れてる庭だ」

烏丸は何か考えているのかいないのか、人の家の庭を見て急に悪口を言い始めた。肘で小突こうとした藍原の動きを煙のようにかわし、さらに続ける。

「僕ね、枯れた植物が植わってる鉢見るの好きなんだ。あ、花終わったな。枯れちゃった。次の花育てるの面倒だな、じゃあ全部処分しよう。でも土ってどうやって捨てるんだっけ？　鉢って回収に来てもらわないといけないの？　面倒くさい！　じゃあそのままでいいや、っていう怠惰の流れが手に取るようにわかるじゃないか」

「枯れた草ひとつでそこまで悪いこと言えるの、あんたくらいのもんだよ……」

「とんでもない！　僕は人間が大好きなんだぞ、そういう面倒くさがりなところも含めて愛おしいなあと思うだけ」

上位存在のようなことを言う烏丸から目をそらし、藍原は目の前を歩く依頼人を見やる。里奈子は眉間に深くしわを刻んで、左や右、前や後ろをせわしなく確かめていた。二十メートルほど進んだ先にはまた違う交差点が見えている。信号のある、少し大きな通りと交わっているようだ。

「……ない」

里奈子は首を左右に振った。烏丸と藍原のほうへ向き直って、狼狽した声で叫ぶ。

「ない――なかったんです。私、確かにこの通りを走ってきたのに。あの看板を見るまで信号を渡った覚えがないですから、このブロックにあることは間違いないんです。でも、見当たらない。ずっと注意して見てきましたけど、私が放置されてた四階建ての民家らしいものが――見つからなくて――」

「確かに、二階建ての家が多かったですが……」

歩いてきた道を振り返り、藍原は〝豆腐〟の群れをもう一度観察する。住宅はどれも同じような作りをしていて、里奈子の言うような四階建ての民家は見当たらなかった。

里奈子は混乱している様子で、何度も自分の二の腕をさすっていた。ごめんなさい、本当にごめんなさい、せっかくここまでついてきてもらったのに、私の記憶力が悪いせいで、としきりにつぶやいている。いたたまれなくなり、藍原はもう一度周囲を見回した。四階建ての建物は見当たらないが、近いものならある。

「里奈子さん。四階じゃなくて、三階建ての民家だったという可能性はないですか？　それなら、何軒か当てはまりそうなんですけれど――」

烏丸と藍原が同時に首を巡らせ、里奈子も同じほうを見る。三人が立つ歩道から少し離れた場所に、まさに「豆腐を積み重ねたような」三階建ての住宅らしいものがあった。

水平に連続する窓が取られた一階から三階と、頭までの高さにフェンスを張り巡らせた屋上。屋上に見えている小さな壁に囲まれた一角は、下の階へと続く階段であるのだろうか。玄関ドアには明かり取りのガラスがはめこまれていて、これも里奈子の証言と一致するように思えた。

もとは住居として使用されていたもののようで、家の周囲には未使用らしいプランターや園芸用の支柱、遮光ネットが放置されている。三輪車があるところを見ると、子供のいる家族が住んでいたのだろう。今は空き家らしく、庭の草は伸び放題になり、表札も撤去された跡があった。石膏ボードのようなものがまとめて家の横に立てかけられているが、近々解体されるのだろうか。藍原は里奈子に視線を戻し、続けた。

「俺にも経験があるからわかります。『屍人』として目を覚ましたあとは混乱してるし、正常な判断ができなかったんじゃないかって」

言葉を慎重に選びながら、藍原は続ける。

「ほら、階段で階数の多いビルに上ってると、自分がどのフロアにいるかわからなくなることがあるじゃないですか。それと同じ感じじゃなかったですか？」

「……違う。私がいた建物は、確かに四階でした。どこまで下りていいのか不安で、ちゃんと階段とフロアの数を数えていたんですから」

「あ、いや、里奈子さんが間違ってるって言いたいわけじゃないんです。ただ、三階建ての家もよく見てみたら何かわかるんじゃないかって――」

「だから、私を責めないでください！　私が建物の外観でも覚えてたらよかったのに！私が全部悪いってことは、ちゃんとわかってますから！」

藍原は息をのんだ。里奈子の顔に浮かぶ怒り、自棄、激しい混乱。それらの表情はすぐに消えて、里奈子はまた人の目を逃れるかのように顔を伏せてしまった。烏丸はその場からまったく動くことなく、ペットショップの鳥を見るような顔をして顎を搔いている。

「ごめんなさい」

里奈子は藍原や烏丸の顔を見ようとはしない。息を吐くような動作をして、続けた。

「藍原さんも烏丸さんも、頑張ってくださってるのに。私ひとりが非協力的なせいで、ぜんぶ」

「うん？　まあ屍人になりたてのきみに何もかも説明できるとは、僕もゴーリキくんも思っちゃいないからさ。覚えてないものを、頑張って思い出せなんて責めても無駄じゃん」

ちらりと向けた藍原の視線には応えず、烏丸は里奈子に近寄っていく。そして首をがくりと九十度に曲げて、楽しげに言い放った。

「というわけでさ！　無駄なことはしない。川の底をさらってもさらっても金塊が出ないってんなら、川そのものを変えるしかないってことだよ。きみが逃げてきた道をたどるのはやめだ。もっと直接的で、なおかつきみ自身が絶対に忘れてないであろう場所に行くだけのことだよ」

「烏丸さん、待てよ。それって——」

「言うに及ばず。里奈子くんのマンションだよ。そこにまだ犯人である彼氏くんが居座っているんだろう？」

烏丸の言葉を聞き終わらないうちに、里奈子が顔を上げる。目を見開き、天敵に睨まれた鼠(ねずみ)のように硬直して。烏丸はそんな里奈子の反応にいっさいかまわず、「じゃあ行こう！」とわかるはずのない目的地を目指して歩き始めた。そんな探偵の背をしばらく見つめていたかと思うと、里奈子も続いて歩き始める。力なく、それでも逆らわず、こうするしかないと言いたげな足取りで。

ふたりの姿をしばらく見守り、藍原も足を踏み出す。少し進んで振り返り、あの三階建ての住居をもう一度見上げる。

ただの空き家でしかないはずの建物が、妙に気にかかっていた。


里奈子はすぐに烏丸を追い越し、今度は迷いのない足取りで道を歩いて行く。例の看板がある交差点を直進し、いくつかのバス停を過ぎて、細い路地へ。幾度となく通った道らしく、体に刻まれた経験が里奈子の足を勝手に動かしているようであった。

「着きました。二階の、右から二番目の部屋です」

里奈子が足を止め、藍原と烏丸も歩みを止める。目の前には二階建ての小ぶりなマンションがあった。一階に四部屋、二階に四部屋。窓と窓の間隔からすると、六畳一間ほどのワンルームらしい。里奈子が指し示した部屋はカーテンが閉められている。

「顕さんは部屋にいるんですかね」

「……わかりません。私が仕事に行ってる時は、昼間でもカーテンを閉めっぱなしにしていたみたいなので」

「じゃあそのシュレディンガーの猫野郎の存在を確定させに行くとしようじゃないか。エレベーターはどこかな？」

「すみません、階段しかないんです」

「最悪！　僕、狭いからって縦に縦に階層を積み上げて広さを確保しようとする建物ニガテなんだよねえ」

「二階くらいで弱音吐くなよ。行くぞ」

　ぶつくさと文句を言う烏丸の腕を引き、藍原は里奈子に続く。敷地内のゴミ捨て場はきれいに片付けられていて、外付けの階段も掃除が行き届いていた。住民の行儀のよさが感じられるというか、不思議と里奈子本人の人柄さえ思わせる清潔さだ。家は住む人の人となりを表すものなのかもしれない。

「里奈子さん。大丈夫ですか？」

　癖のように鞄から鍵を取り出し、ドアへ向かっていく里奈子に、藍原は声をかける。里奈子は振り返って頷いた。

「はい。藍原さんと烏丸さんがいらっしゃるので」

　表札のないドアの前で立ち止まり、里奈子は鍵をためらいなく差し込む。ドアが開くと同時に、強い冷気が廊下へと漏れ出してきた。生ゴミの腐臭が混ざっている。

「冷房がつけっぱなしですね」

「涼しいね。まるで地下墓地じゃあないか」

清涼を感じているのか感じていないのかよくわからない感想を漏らし、烏丸は真っ先に中へと入っていく。靴のままで上がろうとしたその足を摑んで、藍原は墨のような色の革靴を脱がせた。なんで自分がこんなことをしてやらなきゃいけないんだ。

「おい、他人の家だぞ」

「ごみだらけだなあ。でも、誰もいないよ」

奥へ進む烏丸に里奈子が続いて、藍原はその後ろを歩く。短い廊下の右手には風呂場とトイレの扉があり、左手に小さなキッチンが備え付けられている。流しの中は冷凍食品のトレーやカップラーメンの容器でいっぱいだ。烏丸は無遠慮にトイレや風呂場の扉を開けながら、突き当たりの部屋を目指していた。確かに人がいる気配はしない。

薄暗い部屋に足を踏み入れ、烏丸と藍原は部屋を見回す。低いシングルベッドに、くしゃくしゃになった寝具。丸いローテーブル。端に積まれた衣装ケースの周りはよく整頓されていた。散乱しているゴミはどれも食品のもので、それほど古いものであるようには思えなかった。里奈子が不在になった二日の間に部屋が荒れたらしい。

「やっぱり、顕さんはいませんね」

顕は里奈子が『屍人』になっていることを、もちろん知らない。里奈子を放置した場所に戻り、里奈子の死体が消えていることを確認しているとしたら、さぞ肝を潰していることだろう。

「里奈子さんを放置した民家を顕さんがあとで確認しに行って、里奈子さんがいなくなっていることを見つけていたとしたら——きっと、『里奈子は実は死んでいなくて、息を吹き返して逃げたんだ』と思ったでしょう。警察に駆け込まれたかもしれないと考えて、身を隠したんじゃないでしょうか」

里奈子は無表情で寝具を直していた。鍵を取り出した時と同じような、習慣化された動作だった。

「——それは、ないと思います」

「どうしてですか」

「私、家にはまとまった現金もクレジットカードも置いてませんでしたから。顕には友達も頼れる親族もいないし、ぜんぜんお金がない状態で逃げることってできないと思うんです」

「ふむ。じゃあ顕くんとやらはこの独房の中に残ってる食料だけで食いつないでいかないといけないってことか。そりゃ何日も持つもんじゃないだろうね。生者は腹が空くから不便だ」

「人の部屋を独房呼ばわりするのはやめろよ」

烏丸は我が物顔で床に寝そべり、片肘で頭を支えていた。かと思えば唐突に身を起こして、ラグの上に散らばった封書やチラシ類をごそごそとあさり始める。藍原は「やめろ！」と顔で威嚇し、今度はベッド周りの整頓を始めた里奈子に声をかけた。

「顕さんは頼れる親族もいないって言ってましたね。それじゃあ実家に隠れることも考えられないか」

「はい。自分は親にずっと否定されて生きてきたと言っていました。まともな家庭で育ったお前には、俺の気持ちなんてわからないだろうって。私の両親が警察官だってことも、うらやましいっていうか……なんというか、気に食わなかったみたいです」

「里奈子さんの親御さん、警察の方なんですか」

「はい――だから、私もしばらく実家には帰ってないんです。顕のこと、両親にはとても言えなくて」

働かず、一人暮らしの恋人の部屋に転がり込んで、挙げ句の果てに暴力を振るう男。里奈子が両親に相談していれば結果は違ったのかもしれないが、それも難しい理由があったのだろう。支配され、心理的に監禁され、心身ともに傷つけられる。本でしか読んだことのない〝助けを必要とする人たち〟の生の現実が、ここにあった。

「里奈子さん。俺、なんもわからない分際で偉そうなことは言えないんですけど」

里奈子は振り向かず、黙々と部屋の掃除を続けていた。カーテンの隙間からわずかに漏れる西日が、石のような横顔を照らしている。

「顕さんを見つけて生き返ることができたら、ご両親のところに逃げたほうがいいと思います。里奈子さんの死体がない以上、警察も顕さんを捕まえることはできませんし、野放しのままですよ。遠く離れて関わらないほうがいいと思います」

里奈子は何も言わない。ただ軽く頷いたように見えたのは、藍原の目の錯覚だったのだろうか。きれいになっていく部屋の一角から目をそらして、藍原は烏丸に声をかける。

「烏丸さん、あんたはどう思うんだよ。顕さんはすぐに見つかると思うか？」

烏丸はいつの間にか立ち上がって、カーテンの隙間から部屋の外を見ていた。顎を掻き、のんきな声で答える。

「ううん、ぶっちゃけその男がどこに行ったかなんて、皆目見当がついてなかったんだけどさ」

「なかったんだけど、なんだよ」

「考えるまでもなく向こうから出てきたみたいなんだよねえ。ほら」

　ぱっ、と振り返った里奈子と顔を見合わせ、ふたりで窓のほうへと飛んでいく。まだ外を覗いている烏丸の顔を押し下げ、藍原も眼下の道路を見た。上下黒のジャージ姿に、サンダルを履いた男。手にはコンビニの袋を提げている。横から覗いていた里奈子が口元を押さえた。間違いない。顕が部屋に帰ってこようとしているのだ。

「里奈子さん！」

「わあ、やっぱりあれが顕だったんだ。当てずっぽうでも言ってみるもんだね！」

　どうする？　ここで顕を待ち伏せして、里奈子に糾弾させるべきなのか。しかし、今の里奈子にはまだ烏丸の言う「怒りが足りない」ような気がする。いろいろなことが曖昧なままで、里奈子本人にもまだ迷いがあるようで。ピースがそろっていないなら出直したほうがいい。

　里奈子の手を取り、もたもたしている烏丸の腕を引っ張って、藍原は部屋の玄関へと走っていく。靴に足をねじ込み、なんとか廊下へと飛び出した。まだ顕の姿はない。が、外階段を上がってくる足音が聞こえてくる。

「里奈子さん！」

　かぶりを振る里奈子を抱え上げ、藍原は階段とは反対側の廊下の突き当たりへと駆けていく。外廊下の手すりから身を乗り出した。すぐ下には階下の窓の庇がある。行くしかない。

「烏丸さんも、行くぞ！」

「えーマジで。きみちょっと元気すぎやしないか？」

藍原は里奈子をまず庇に下ろし、続いて自分も飛び降りる。尻をついて足を出し、マンションの裏庭へと降り立った。庇の上で震えている里奈子を下から受け止め、慎重に地面へ下ろす。軽快に飛び降りてきた烏丸の腕を取って、植え込みへ伏せさせた。

響く足音と、鍵を回す音。がつっ、と扉が引っかかる音がして、少し間があった。鍵が開いていたことを警戒しているのか、あるいは鍵をかけ忘れただけだと思い直しているのか。しばらくしてまた鍵を回す音がして、ドアが開閉した気配がする。

里奈子を殺した犯人は、すぐそこにいる。里奈子が生者に戻るには、顕に怒りを抱き、その行為を厳しく糾弾するしかないのだ。

「里奈子さん」

二階を見上げたままで、藍原は声をかける。里奈子からの返事はない。摑んだままの腕は小刻みに震え続けていた。

「里奈子——さん」

里奈子は空虚に一点を見つめ、下唇を噛んでいた。それから何度もかぶりを振り、小さなうめき声を上げる。藍原は烏丸と顔を見合わせた。探偵は眉を弓なりに上げただけで、何も言おうとはしなかった。

木にとまっていたアブラゼミが鳴き始める。里奈子は糸のように細い声で、ごめんなさい、ごめんなさいとつぶやき続けるだけだった。


日中は夏真っ盛りとしか思えない暑さなのに、暦はもう秋に片足を突っ込んでいるらしい。日が落ちた庭は墨のように暗く、草むらからは虫の鳴き声が聞こえてくる。

雑草が茂るアプローチを歩きながら、藍原は屍人探偵社の屋敷を見上げた。二階の窓のひとつから、白い光が漏れている。部屋の中にいる里奈子は、今何を思っているのだろうか。

「あいつを糾弾する、たってなあ」

藍原が代わりに怒ってやることは簡単だ。人間としてとうてい許されない顕の行為を責め、追い詰め、二度と里奈子に近寄らないと約束させる。だがそれでは駄目だ。顕に殺された里奈子本人が相手に立ち向かい、その罪を糾弾するのでなければ、生き返りの条件は満たされない。だが、本人が顕を心から恐れているとなると――難しい。里奈子が受けてきた精神的、肉体的な支配は、出会ったばかりの第三者が解放してやれるものではないのかもしれない。

「……どのくらいだ？」

里奈子たち『屍人』にとってのタイムリミットとは、どれくらいなのだろう。体がすり切れ、朽ち果て、物理的に動かなくなってしまうまでか。烏丸は屍人の体も動かなければ腐るのだと言っていた——あるいは、自分を殺した犯人がこの世を去るか、決して捕まえられないところまで逃げてしまうことがデッドラインなのか。

今の里奈子には後者の脅威が迫っている。顕はいつまであのマンションにいるだろう。両親や職場の人間が里奈子の不在を不審に思うのも時間の問題だ。問いただされる前に逃げるつもりなら、もう数日、いや、一日たりとも猶予はないかもしれない。そのためにはもっと——何が必要だ？　里奈子の勇気。里奈子の怒り。殺された理由。あの場所に放置された理由。あの場所の正体。確かにそこにあったはずなのに、忽然と消えてしまった四階建ての家。わからない。そもそも顕は——。

「日当たり最悪、駅から徒歩五時間三十五分。朽ち果てた霊園つき。過去に九百九十九人もの住民が死んでいて、あなたが千人目の死人になれるかもしれません」

とめどない思案を、人を馬鹿にした鴉（からす）のような声が断ち切る。藍原は目を細めて振り返った。壊れかけのデッキチェアに身を横たえた烏丸が、紙の束をぞんざいな手つきでめくっている。

「何やってんだよ」

「いや、今日行った豆腐住宅街の物件情報を見てるんだけどさあ。どれもこれも日当たりとか駅からの距離とか売りにしてて、面白みも何もない。体が劣化しにくい冷暗所の寝室つき、とかないのかね？」

「ほとんどの人は体が腐るかどうかを気にして物件選んでねえんだよ」

烏丸が放り投げた紙束を受け止めて、藍原は肩をすくめてみせる。里奈子に案内された住宅街付近の物件情報だ。下部には不動産会社の名前が印刷されている。

「こんなの、いつの間にもらってきたんだ？」

「店の前で『ご自由に』って出されてたやつをもらってきた。里奈子氏のマンションへ移動する時だね」

抜け目のないやつだ。住宅の外観や間取りが印刷された紙をめくり、藍原は続ける。

「けっこう空き家になってるんだな」

築年数はどれも三十五年前後。外観も間取りも似通った物件が並んでいる。五件ほどの情報の中に、四階建ての住宅に関するものはなかった。

「里奈子さんが言ってたような家の情報はないか――ん？」

紙をめくる手を止め、藍原は目を細める。ランプの火では小さい文字がよく見えない。スマホのライトをつけ、手元を照らした。

「これ、今日見た空き家と同じような建物だな」

三階建て、屋上つきの物件。庭は狭いが屋上でレジャーを楽しむことができます、と書いてある。柵を張り巡らせた屋上の写真の横にはバーベキューを楽しむ親子のフリーイラストが添えられているが、さすがにあの住宅密集地で火を使うのはどうなのだろう。

「土地は猫ちゃんの額より狭いけれど開放感がほしい！　だから違法すれすれのこともやっちゃう、ってとこ。涙ぐましい努力だよね」

「いや、屋上でのバーベキューが違法かどうかは知らないけどよ――」

「僕が言う違法すれすれって、そのことじゃないよ。容積率って知ってるかい」

「え？」

「土地には『ここまでの広さの建物までだったら建ててもいいですよ』っていう上限が決められてるんだよ。その上限はそれぞれの階の床面積を合わせたものを適用させる。たとえば容積率が百パーセントの百平米の土地に家を建てるとすると、建物の延床面積も百平米まで。一階が五十平米、二階も五十平米だとそれ以上の階を作ることはできない。けれど、屋上テラスは普通延床面積に含まれないのさ。つまり『二階までしか建てられないけど、もっと家を広くしたいなあ』と思った場合は、どうすると思う？」

「屋上を、有効活用する——ってことか」

「そういうこと。ちなみにこの住宅街の開発を進めて、建て売りの物件をたくさん手がけたハウスメーカーは、こんなコンセプトを売りにしてるらしいよ」

烏丸がまた投げてよこした紙を、藍原は片手でキャッチする。ポスティング用のチラシのようだ。モデルハウスらしい物件の外観写真の横には、「内と外の境界をなくす」というコピーが躍っていた。

「内と外——家の中と外——ってことか？」

「今はリビングからシームレスにつながるテラスとかかな。で、三十年前は部屋の延長みたいな屋上を目玉にしてた。そこで過ごして、読書なんかして、寝ることもできる。まさに法の目をかいくぐった『もうワンフロア』ってところさ」

居住スペースとして使える屋上。部屋の延長。藍原はもう一度、里奈子の証言を思い出す。里奈子は暗くてほとんど何もない部屋に「扉のついた納戸みたいなところ」があって、その中に階段があったと言っていたはずだ。部屋の中の階段が四方を壁とドアに囲まれているというのは、確かに妙な話だ。里奈子がはじめに降りた扉つきの階段は、屋上に設置された塔屋の中の階段であったということか。

「里奈子さんが目を覚ましたのは、部屋の中じゃない。屋上だった。あの三階建ての建物の屋上だとすると、フロアの数も合う」

「そう。問題は、なぜ里奈子さんが屋上であるはずのフロアを『何もない部屋だ』と思ったのか。さらに重要なのは——なぜその部屋には何もなかったのか、っていうところなんだよ」

「何もなかったって、そりゃあ……空き家だったからじゃないのか?」

「そう! なかなかいいところを突いてくるじゃないか。何もない、ということは、これから何かを始めるのに都合がいいってことだからね。な! そうだろう、里奈子くん」

がさ、と近くの雑草が揺れる。藍原も息をのんで、音のしたほうを見た。里奈子だ。烏丸が寝具代わりに渡したストールを羽織って、怯えたように身をすくめている。

「里奈子さん。部屋にいたんじゃ——」

「なんでここに、って聞きたそうな顔してるね、ゴーリキくん。そんなの答えはひとつじゃないか。今から逃げるところだったんだよ。そうだろ、里奈子くん?」

里奈子は顔をそらし、小刻みにかぶりを振る。少し庭を散歩しに来た、という雰囲気ではない。烏丸の言うように、里奈子はひとりでこの屋敷を去ろうとしていたのだ。

「あの——私——」

音もなく立ち上がった烏丸が、里奈子のほうへと歩み寄っていく。藍原もあとに続いた。ランタンの光に照らされて、里奈子の血色のない肌は少し黄色みがかって見えた。

「どうしても怖いんです、ごめんなさい」

烏丸がさらに距離を詰める。里奈子は後ずさり、庭の隅の行き止まりへと追い詰められていく。

「顕が私を殺したことはわかってて——でも、だからこそ顕を問い詰めることなんかできなくて。怖いんです、反論するのが。逆らうと何をされるかわからないって思うと、どうしても」

「違うね」

烏丸は帽子を取り、くるりと指先で回した。死体を包む布のような髪が夜風に揺れる。

「きみが恐れているのはあの男の拳なんかじゃない。きみ自身の心さ。あいつを失うことが怖い。今の生活を手放すことが怖い。あいつが自分に依存しなくなることが、どこか遠くへ行ってしまうことが怖いと思っているんじゃないのか？」

「違う……違います！」

「烏丸さん！」

「そりゃ思い込みだって？　勘違いだって？　原因はなんでもいいさ。相手に依存してるのはきみのほうだ。逃げられなくなってるのは顕のほうさ。経済的に縛り付け、精神的に縛り付け、きみに頼りっぱなしにならざるをえない状況をつくって、どんどん駄目にしていく。いろいろなことが悪化していくのに、きみも顕も生活を変えようとはしない。誰も介入させないし、どちらも逃げようとはしない。狭い穴の中で殺し合ってる虫と同じだよ。顕はきみを噛み殺そうとしたかもしれないが、きみは顕を窒息死させようとしている——」

「やめて、やめて、やめてやめて！　やめてよ！」

「烏丸さん！　彼女は被害者だ！　いい加減に——」

「黙って！　黙って！　黙って黙って!!　どうしてみんな私を責めるの！　わかったような顔で！　放っておいてよ!!　好きにさせてよ！　責めないでよ——」

「里奈子さん!!」

「顕がどれだけ駄目なやつでも、好きなんだから！　放っておいてよ！　そっとしておいてよ、お父さんにも言えない、お母さんにも言えない、だって、みんなそんなやつやめておけって言う！　私が顕のことを好きでも、それは、それは、認めてくれないじゃない——」

うなるような叫び。里奈子は頭を抱え、その場にしゃがみ込んでしまう。意味をなさない声を発しながら、流れることのない涙を流して。

「里奈子、さん――」

むっとする暑さの中、汗をかいているのは藍原だけだ。糸杉が里奈子を見下ろしている。鴉らしき鳥が飛び去る音がして、ようやく烏丸が口を開いた。

「主観に縛られれば、どうしようもない。執着しているものを憎めと言っても無理な話さ」

烏丸は懐に手を入れ、掌に隠れるほどの包みを取り出す。茶封筒を半分に切って、テープで軽く留めただけのもの。そうして声もかけず、里奈子の足下にその包みを投げた。

里奈子は顔を上げ、烏丸の顔と包みを交互に確かめる。おそるおそる包みを拾い上げ、震える指で開く。はっ、と息をのむような声が聞こえた。冷めていく表情。恐怖と嫌悪を混ぜた瞳で、里奈子はまた烏丸の顔を見上げる。

「だったら客観的に憎めばいいのさ。きみが許せないものや、怒りを感じるもの。それをちゃんと思い出して、顕がきみにやらかしたことのすべてを憎むんだ」

歩み寄り、藍原は里奈子の手元を覗き込む。

茶封筒に入ったものを見た瞬間、肥田顕が犯そうとしていた罪の正体を悟った。

日が昇る。冷め切らない熱をはらんだ空気が、朝の街をけだるく満たしている。

八部屋あるマンションの扉は、どれも動く気配がなかった。ゴミ捨て場横の植え込みにしゃがみ込み、藍原はじっと息を潜めている。住民に見つかって通報されるのが先か。それとも、向こうが動くのが先か。ポケットにねじ込んだペットボトルの水を飲む。二階の奥から二番目の窓、ネイビーのカーテンは時おり揺れ動いていた。肥田顕はまだ部屋の中にいるはずだ。

(――来るか？)

深く息を吸う。時間をかけて吐く。この緊張と、鼓動の速さ。大の男と対峙する恐怖よりも、逃がしてはいけないというプレッシャーのほうが勝っていた。

ドアが開閉する音。外階段を踏む足音。見えてきた足元には見覚えがある。

(――来た！)

顕が外階段を降りきった瞬間に、藍原は植え込みから飛び出していた。声をかける前に相手の腕を摑む。強い抵抗に遭うが、振りほどかれるほどの力ではない。

「なんっ……だよ、お前！」

ぼさぼさの髪、湿気たような体臭。だが目には光があって、ただずる賢いだけの理性も確かに感じられる。藍原の手から逃れようともがいていた顕は、ふっとその抵抗をやめておとなしくなった。藍原のことを警察だと思ったのかもしれない。

「俺はただの看護学校の学生だよ。いや。探偵助手」

顕の目元が不審げにゆがみ、また腕に力がこもる。ほとんど手ぶらであるところを見ると、コンビニにでも行くところだったのかもしれない。

「ある人から依頼を受けて、あんたを捕まえに来た。わかるだろ。なんで俺がここにいるか、なんであんたをこうして捕まえに来たか、あんた自身がよくわかってるはずだ」

「ちょっ――探偵とか、わけわかんないこと言ってんじゃねえ――」

「ごもっとも！　いや、平々凡々と幸福に生きてたらさ、急に『探偵だ！』なんて名乗る人間に出会うわけないよねえ？　まして助手って何なんだよって話。そんなやつが急に出てきて腕摑んで『俺は探偵助手だ！』って名乗るの。怖いねえ！」

塀の陰から姿を現しながら、烏丸が素っ頓狂な声を上げる。藍原が睨みつけてもおかまいなしだ。

「今度はなんっ……本当に何なんだよ、お前は」

突然現れた珍妙な男に怯えてか、顕がかすれた声を上げた。藍原に両腕をしっかり摑まれているせいで、その場から一歩も動くことができていない。

「でもさあ、悪い子のところにはそんなやばいやつしか来やしないんだよ。サンタさんじゃなくって、探偵を名乗る不審なやつが物陰から飛び出してくるのさ。いい子にはプレゼントを。人殺しをした悪い子には、それなりの報いを。耳にするのもいやな事実をお届けするのは、僕ら〝探偵〟の役割さ」

「探偵……人殺し？　さっきから何言ってんだ、お前」

「僕が言うまでもなく、証拠がここにいるじゃん。ほら」

烏丸が指をさし、今度は塀の陰から里奈子が顔を覗かせる。恐怖と焦りが、顕の腕を摑む藍原の指にも伝わってきた。その額に汗が流れる。

「里奈子、お前――」

「『死んだはずじゃなかったのか！』なんて、陳腐な台詞を吐くのはなしだよ？　そう、ここにいる里奈子くんは確かに死んでるのさ。でも幽霊なんかじゃないぜ。ゾンビとも違う。死んでも死にきれず、生前の意思と肉体を持ったまままさまようもの。屍人になったきみの恋人が、今ここにいるんだよ」

手をタクトのように振りながら話す烏丸の前に、里奈子が歩み出る。かつての恋人としばらく見つめ合ったあと、里奈子はそっと視線を外した。先に口を開いたのは顕だ。

「しじん――？　いや、わけわかんねえ。死んでるやつが歩くとか、そんな馬鹿なことあるわけねえだろ」

「ああ、あるわけないと普通は思うだろうさ。俺は里奈子をこの手で殺したはずだ！　息もなく、心臓も止まってることを確認したんだ！　何時間経っても生き返らないってことを、いやが応でも突きつけられた！　だからこそきみははじめ、あの民家に彼女の〝死体〟を隠したんだ。その場しのぎにしかならなくても、うってつけの場所がたまたま手に入っていたからね。自分が生活する場所とは何の関係もなく――隣の建物からも容易には覗かれない場所――」

「なんで」

　身を乗り出そうとした顕の腕を、藍原は強く摑む。無表情に立ち尽くす里奈子の顔に視線を投げて、烏丸はさらに続けた。

「それがあの三階建ての住宅の屋上だったのさ。張り巡らせたフェンスに石膏ボードを設置することで、あの屋上はまるでもうひとつのフロア、でっかい部屋のように使うことができる。天井に当たる部分には園芸用の遮光ネットでも張ればさ、ちょっとした屋内みたいになるんじゃない？　延床面積に含まれない屋上を、まるでもうひとつのフロアとして扱うんだ。合法すれすれの可変ルームってところかな。そしてきみは里奈子くんの死体を、そこに放置した。『新しい仕事用に』と託された住宅の屋上を、死体の隠し場所に使ったのさ。空の明かりがほとんど見えず、周りには壁があるその屋上を、里奈子くんが『何もない部屋だ』と思ったのも無理はない。で、放置していたはずの里奈子くんがいなくなっていることに気づいたきみは、また焦ったはずだ。確かに死んでいると思ったのに、生きていたのか。里奈子くんにあの秘密の屋上を見られた以上、そこをそのままにしておくことはできない。壁を取り払い、屋根を撤去して、もとの屋上に戻す。『四階建てだった』はずの家を捜す僕らはまんまと『あれれ？　三階建ての建物しかないよ？』とさまようことになる。これが、消える家の正体。里奈子くんの記憶違いでもなんでもなく、きみが幻の四階を撤去したってだけのことなのさ」

顕は小刻みに体を震わせ、目の前に立つ里奈子を凝視していた。凪のうなりのような烏丸の声は、彼の耳にどう響いているのか。

「――では、きみはその『秘密の四階』で何をしようとしていたんだろうね？　里奈子くんが目覚めた時、そこには何もなかった。ちょっとした明かりと壁があるだけで、目立った家具も何もない部屋だったというじゃないか。そうだろ、里奈子くん？」

里奈子はわずかに顎を沈め、頷く。右手は強く握りしめたままだ。

「何もなかった、ということは、これから何かをしようとしていたということだ。里奈子くんが危惧していた、詳しくは言えない仕事。周りから隠さなければいけないような仕事。一センチの深さの思慮もないようなきみがいかにも考えそうな、楽して簡単に儲けられる仕事っていうと――」

「おい、やめろ」

「誰かに聞かれちゃ困るかい？　きみにその仕事を持ちかけてきた人物に、極秘のミッションだとでも言われたかい？　さすがのきみでも、その違法性がわからないわけはないというのに？」

「だから、黙れって！　探偵だかなんだか知らねえけど、お前、さっきからあることないことをべらべらと――」

「あることないことじゃないのさ。きみは馬鹿すぎる。里奈子くんの部屋に、その仕事に関するでっかいヒントを残していっただろ」

「ヒント、って、まさか里奈子。お前」

顕が言うと同時に、里奈子が一歩前へ歩み出る。そして眉ひとつ動かさず、握りしめていた右手を開いた。ビニール袋に入った小さな包み。無辜(むこ)のものにはハーブやスパイスのたぐいにしか見えないその中身を一瞥して、里奈子は無言で顕に視線を投げた。

「乾燥大麻だよ。持ってるだけでアウトな代物さ」

顕はわかりやすく表情をゆがめ、違う、違うとかぶりを振り続けた。どれほど否定しようとも、目の前にある現物を消すことはできない。烏丸の言うとおり、所持しているだけで刑罰が科される違法薬物だ。

「その高校の時の先輩とやらには、なんと言われて仕事を勧められたんだい？　大麻の栽培はこれから合法になるよ？　国内でも栽培してるところがあるし、今出遅れると機会を逃すことになるよ？　それ、ぜんぶ嘘だからね。騙されるきみも浅いし、仕事を持ちかけてきたその高校の先輩とやらも浅い。もっとでかい組織に利用されてるかもって疑ったほうがいいよ。わざわざ空き家を用意して、周りから見えないような小細工も指導して。存在を隠す気まんまん、クローゼットの中の骸骨より後ろめたい存在じゃないか」

乾燥大麻の現物を渡し、栽培を行う環境をお膳立てし、嘘で塗り固められた儲け話を持ちかける。裏にある組織が、判断の甘い顕を利用しようとしたことは疑いがないだろう。硬直する顕の二の腕をまた握りしめ、藍原はその頭頂部に視線を落とす。つやのない髪が、細い針金のようにもつれていた。

「俺もそういうことには詳しくないんですけど」

顕はぎろりと藍原を睨み、すぐに顔を伏せる。もう抵抗する気はないようであった。

「周りからどれだけ見えないようにしても、犯罪組織が関わっている以上、発覚するのは時間の問題であるような気がします。警察も厳しく目を光らせてる。それだけ重い犯罪ってことじゃないでしょうか」

空き家に放置されていた物品の中にあった、真新しいプランター。顕があの屋上で大麻の栽培を始めていたとしても、その犯罪はすぐに露見していたことだろう。顕に仕事を勧めた相手はその危険性を把握していたのかどうか。

「壁に耳あり障子に目あり、墓の中に入っても掘り返される、ってね。屋上だったら周りの住宅からも見えないし、遮光ネットをたまに開けて大麻くんたちに日光浴でもしてもらえる、って考えだったのかな。で、せっかくそのためのお膳立てをしてもらったってのに、きみはその屋上を死体の置き場所に使った。仕事に必要だろうって支給されてたキャリーケースを運搬に使ったのかな？　仕事を依頼した人に見つかる前になんとかしないと、って考えてた矢先に、死体が——ひとりでに消えてしまった。もちろんきみは里奈子くんが屍人になって復活したなど考えもしない。里奈子くんが本当は死んでいなくて、意識を取り戻して逃げたと思っていたのさ。警察に駆け込まれるかもしれない。けれど大麻の栽培を始めていないからには、何も証拠がない。石膏ボードや遮光ネットを撤去すれば、ただの屋上に戻るんだからね。きみに殴られたのだと里奈子くんが訴えても、しらばっくれるつもりだったんじゃないか？　あるいは、里奈子くんが自分のもとへ、誰にも頼らずに帰ってくるという自信があったのかもしれない。だって里奈子くんはきみに依存していて、きみを愛しているから！　だからきみはマンションの部屋で待っていた。里奈子くんが戻ってくれば、もう一度殺すつもりだったのか——あるいは何食わぬ顔で仲直りをしようと思っていたのか——とにかく、もう一度里奈子くんをその腕に抱きしめようとしてね。そのあたりどう思う、里奈子くん？」

話を振られた里奈子は、それでも表情を変えなかった。顕はそんな〝恋人〟の顔をゆがんだ目で睨み、そしてふっと表情を緩める。懇願するような声で語りかけた。

「里奈子。ごめん。俺が全部悪かった。つらかったんだよ、否定されて。違法なことはわかってたけど、金さえ稼げれば里奈子のためになると思ってたから。お前の支えになると思ってたから、俺は」

顕がしゃくり上げる。里奈子はぴくりともその場を動かず、乾燥大麻の袋を手に乗せたままでいる。わざとらしく洟(はな)をすすっていた顕は、突然その表情を一変させた。唾を飛ばしながら怒鳴り始める。

「——って、言えばいいんだろ⁉　お前の望むとおり、駄目な俺を演じて、お前に頼りっぱなしの無職を演じたほうが、お前は機嫌がよかったもんな！　俺が仕事を見つけようとしてきたら、いつも文句をつけたじゃないか！　だから俺は変われなかった！　本当はお前から逃げたかったのに、ずっと、ずっと」

　ぱん、と甲高い音が響く。

　里奈子は一歩も顕に近づくことなく、乾燥大麻の袋を地面に叩きつけていた。自らの手首をもう片方の手で握りしめ、唇を大きく震わせる。そしてふっきれた声で言い放った。

「私だってあなたを嫌いになりたかった。離れる理由をずっと探してたのは、私のほうだった。何もかもが悪いほうに流れて行ってるのは、あなたのせいだけじゃなかった。でも、でも、依存して何が悪いの？　あなたを愛して、信じて、いつかまた良好な関係に戻れたらいいなって思うことの何が悪いの？　顕だって私にずっと頼りっぱなしで、期待してたくせに。状況に甘えきってずっと逃げなかったのは、顕だって同じじゃないの」

　里奈子の目から涙が流れる。その頬に血の色が戻るさまが、藍原の目にもはっきりと見て取れた。

「でもこれでいい。これではっきりした。あなたはもうまともな生活に戻ることなんか望んでなくて、犯罪にまで走った。私と〝普通に〟幸せになる気なんて、あなたにはこれっぽっちもないんだね。むしろ、こんな形で破滅してよかったとさえ思ってるんじゃない？　怪しい商売に手を出そうとしたのは、いっぱい稼いで私のところから離れたかったから？　私は、ずっとあなたとの関係をよくしたいと思ってたのにね。私との将来を求めないあなたを、私は許すことができない。今までありがとう顕、そしてもう二度と私の前に現れないで。遠くへ行って、ひとりで幸せに生きるなり野垂れ死にするなり好きにして。私もあなたにはもう会わない。会えば、あなたを必要以上に責めてしまいそうだから」

里奈子に飛びかかろうとした顕の腕を、藍原は強く摑む。烏丸に氷のような視線を投げられて、ためらいながら両手を離した。顕の体が地面に倒れ込む。土色の瞳が藍原を、烏丸を、里奈子を順に見て、恐怖と焦りに震え始める。

顕は何も言わずに立ち上がり、もつれる足取りでマンションの敷地を飛び出して行った。その背中はすぐに見えなくなり、あとには放置された乾燥大麻と夏の朝の熱気だけが残る。

里奈子はマンションの自室のほうを見上げていた。何も言わず、きっと何も思わず、映画のエンドロールを見るような現実味のない目つきで。

＊
＊
＊

街は灰色の雲に押しつぶされそうになっている。急な豪雨の気配を感じながら、藍原は屍人探偵社の門をくぐった。魔物の首のようなノッカーを念のために二度叩き、建物の中へ。玄関ホールは相変わらず薄暗い。湿気のにおいが、室内にまで満ちている。

「烏丸さん」

呼びかけに答える声はなかった。風がどこからともなく流れてくる。向かって右手にある扉が開けっぱなしになっているのだ。

足音をあえて響かせながら、藍原は開け放たれたままの扉をくぐった。天井の高い、ダイニングルームとして使われていたらしい部屋だ。今はテーブルも椅子もないが、暖炉の上には籠に入った果物の絵が飾られている。確か、カラヴァッジョという名の画家の作品ではなかったか。

烏丸はテラスに続く窓の前に立って、青々とした庭を見つめていた。部屋に入ってきた藍原のほうを見ようともしない。

「――駅まで送ってきたよ。里奈子さん、とりあえずは実家に帰るって言ってた」

マンションを引き払ったり、勤務先に連絡したり。いろいろやらなきゃいけないことはあるんですけど、とりあえず実家に戻ってみようと思います。頼れるものは頼って、生活を――立て直さないといけませんから。」

　里奈子はそう言って、最後に微笑んでくれた。疲れ切った、それでも嘘偽りのない笑顔で、改札を抜けてからも藍原に向かって手を振っていた。

「俺、人の生き方に口出せるような人間じゃないけど……でも、よかったと思うんだよな。どんな理由があっても、手を上げるような相手のそばにいるべきじゃない。まして殺されるなんて、もってのほかだ。離れられてよかったって心底思うよ」

「――ふむ」

　烏丸は顎を撫で、黒い唇をゆがめるようにして口角を上げた。視線は窓の外に向けたままだ。

「ああ、ああ、良識がある第三者にとってはこれ以上のハッピーエンドはないさ。けれど、どうだろうね。里奈子くんにとってはどうなのかわからない。たとえ最後に笑ってたって、電車の中でみっともなく泣いてるかもしれないよ――涙も流せるようになったんだからさ。それも『自分はなんて馬鹿だったんだろう！』って後悔じゃないよ。失ったもの、もう戻ってこないものを嘆いて、吐くほど悲しんでいるかもしれないじゃないか」

「あの男といっしょにいたほうが、里奈子さんにとっても幸せだったたっていうのか？」

「いや。ミジンコの目玉ほどもそう思っちゃいないよ。けれど――」

埃を編んだようなレースのカーテンをめくり、烏丸は少し視線を伏せる。伸びた雑草の間には、真っ白な球体の岩がいくつも、まるで墓石のように並べられていた。

「別にさ、愛したという気持ちまで、執着していたものまで否定することはないじゃないか。それだけのこと」

藍原は深く息を吸う。自分を殺した相手を憎むこと。自分を殺すほどに関わりのあった相手を憎み、糾弾すること。それが〝生き返りの条件〟である屍人。

烏丸は――いったい誰に殺されて、誰を憎まなければならなかったのか。烏丸は何を待ち、何を探しているのか。いつから屍人になり、なぜこの場所にいるのか？

彼に助けられた藍原は、その事情を何も知らない。烏丸がその口で自らのことを語る日が来るのかどうかも、今はわからない。

烏丸は灰色の横顔を外に向けたまま、まだ微笑んでいる。死と生の狭間にある体で、繁茂（はんも）する夏の生命をただ眺めている。

「なあ……」

藍原が口を開くと同時に、烏丸の首がぐるんと回った。隈に縁取られた巨大な目で急に見つめられて、藍原はたじろいだ。

「な、なんだよ」

「ところでさあ。うちの庭、あまりにも草がぼうぼうだと思わない？」

「はあ？」

烏丸の顔を見、緑に包まれた庭を見て、藍原は目を見開いた。まさか？

「――いや。これ、演出じゃなかったのかよ」

「演出？　何のこと？」

「いや……あんた、前そんなこと言ってなかったか？　草がぼうぼうで荒れてるほうが、屍人が住んでる家っぽくていいとかなんとか」

「そんっなこと建前に決まってんじゃん！　草生え放題で僕が喜んでたと思う？　みっともないし、歩きにくいったらないし、鳥とか寄ってきてキモいし。でも草抜きって考えうる限りこの世でもっとも苦しみを伴う労働じゃん。誰かやってくれないかなって思ってたの。え？　ウソ！　ありがとう！　ほんとにゴーリキくんはいいやつだな、僕はきみのそういうところ大好き。よろしくね」

「待て。俺がやるとは言ってな――」

「冷たい飲み物は用意しておくから、こまめに家の中に入って休憩するんだよ。死なないようにね。きみは、ちゃんと生きてるんだからさ」

「こっちの話を聞けよ。おい！」

烏丸はひらっと手を振り、部屋の奥にある扉へ向かって歩いて行った。扉の前でまた笑顔を見せ、藍原の返事も聞かずに出て行ってしまう。奥にあるのは厨房なのだろうか。だだっ広い部屋にひとり取り残され、藍原は大きく息をついた。窓から外を見る。烏丸が放った何気ない言葉が、幾度も耳の奥で繰り返される。

きみは、ちゃんと生きてるんだからさ。

「……ああ。間違いなく、生きてるよ」

ふっと笑い、藍原は烏丸が消えていった扉に目をやる。毒々しい青のドリンクでも用意しているのか、からからと高い音が響いてきた。

頬を叩き、藍原は大股に歩き始める。すべてを洗い流すような雨が降る前に、少しでも庭をきれいにしてやるのだ。

雨が降る。草は伸び続ける。藍原は汗をかき、大量に水を飲む――生きているからには、その営みを続けるしかない。

ダイニングルームを飛び出し、藍原は玄関を目指した。

背後で響く足音と涼しげな氷の音に、振り返ることはせず。

◘第三話 ━ 早すぎた埋葬◘

群東地方の鉢底山には、穴喰らいと呼ばれる〝モノ〟がいるそうだ。妖怪や神のたぐいではなく、まさに怪異と呼ぶべきもの――それゆえにここでは〝モノ〟と記しておく。江戸末期に語られていた伝承が元になっているらしい。

郷へ嫁に来たばかりの女性は、山へ入ってはいけない。穴喰らいにやられるからだ。その日の朝まではぴんぴん立ち働いていた人間が、山の中で死体となって発見される。目を見開き、顔面は蒼白となり、口は苦悶にゆがんだまま硬直している。郷のしきたりとして、山で死んだものは山に埋葬しなければならない。死体はその日のうちに桶に入れられ、山の神への供物をどっさりと持たされ、発見されたその場所に埋められる。供養はしないのが慣例だ。山で死んだものはもう山のものなのだから、人に祟ることはないという判断なのか。その代わりに、神としてまつるための祠が建てられることもあったという。

さて、埋められた死体は一両日経って郷の若い衆が見に行くことになっている。はたしてそこには穴が掘り返されたあとがあって、死体も供物もきれいさっぱりなくなっているというのだ。桶は手つかずで残されているというが、穴喰らいにやられた死体はそもそも桶の蓋を止めずに埋葬するという決まりもあるらしい。群島地方の人はこれを「穴喰らい」と言い、若い嫁を取っていく正体不明の〝モノ〟であると恐れていたということだ。なんと平成に入っても穴喰らいの仕業であると噂される行方不明者が出ているのだから、侮れない。

山で命を落とす。死体を山に戻しておく。その際に野菜や酒などの供物を置いておく。これらはおそらく、熊にやられた人間の埋葬方法を伝えているのだろう。熊は自分の獲物に執着するという。一度獲物として認識した人間の死体を捜しに人家の近くまで来られたら、たまったものではない。だからすぐに掘り返せるような深さに桶を埋め、蓋を閉じなかった。

山のそばに住む人たちが恐れていたのは、もっとも身近でもっとも恐ろしい獣の影であったのだ。

――『山ノ怪談』　丑寅著　五色文庫

＊　＊　＊

山には入っちゃ駄目なんだよ。

穴喰らいが出る。お話では若い女の人だけが殺されることになってるけど、妖怪にはそんなこと関係ないと思うんだ。子供だってお年寄りだって殺されるし、若くて強い男の人だってひとたまりもない。死んだ時の顔は家族でも見られないほどひどいものなんだって。それに、山で死んだら、お墓に入ることはできないんだ。ひとりぼっちで埋められるんだよ。暗くて、動物の声がして、虫がうじゃうじゃいる山の土の中にさ。山に埋められたら最後。穴喰らいに死体を持って行かれる——文字どおり骨一本も残さずに、巣に連れて行かれて丸呑みされるって。

子供だましの話じゃない。本当にあったことだよ。江戸から始まって、明治、大正、昭和。平成だって、穴喰らいの伝承を思わせるような事件が起きている。大人たちはみんな穴喰らいを本気で恐れていて、山にはひとりで入らないようにしているんだよ。

現実的な理由で説明しようとしても、それは解決にならない。わかるでしょう。本なんかで語られている解釈には、明らかな間違いがあるから。

穴喰らいは今もあの山の中にいるんだよ。きっとはじめの伝承が語られたと同時に生まれて、今でも人間を待ち構えている。そしてその人間が、山に埋葬される時をずっと待っている。

想像してみてよ。鉢底山に、あの鬱蒼とした山の土の中に、埋められる自分の姿をさ。

私は絶対に嫌だよ。桶の中で、土の中で目を覚ましても、誰も来てくれない。

泣き叫んでも——桶の蓋をひっかいても——誰も応えてくれないなんて——。

＊　＊　＊

夢を、見ていた。

夜、眠っている時に見る夢とは少し違う……記憶の中にある景色そのものの中に、入り込んでいるような。幼いころの自分がいる。隣には三つ上の姉、柚希が座っていて、その顔を青白い光が照らしている。

実家の居間だ。自分はまだ七歳か八歳で、子供向けの教育番組を見ていた。夏休みだったのか。家には祖父母しかおらず、おやつにはお中元のゼリーが出されていた——そんなことさえはっきりとわかるのだ。淡々と文言を読み上げる、教育番組のナレーションの声も聞こえる。

生物の生態を取り扱う番組が流れていた。土の中の蟬の幼虫が這い出てくる様子を、少し怖いような気持ちで眺めていた。

「私、科学者になりたい」

柚希がそう言った。いいんじゃない、と言ったのは、その場にいた幼い自分であったのか。それとも、もっと大きくなった自分であったのか。

「街の高専に行って、大学に編入したい。学費は自分で稼ぐ。蒼（あおい）もそうすればいいんだよ。家のことなんか気にすることはない。お父さんとお母さんは反対しないと思うからさ」

夢の中の姉は、いつの間にか今の姉の姿になっていた。街の高等専門学校へ入学し、寮に入り、二年生になった今も学業に専念している、立派な姉。成績は優秀で、大学への編入も視野に入れているということだ。柚希はまさに有言実行だね、と両親は言っていた。宣言したことは何でもやる。自分の力で、自分の未来を開こうとしている。

自分は？　蒼は思案する。笠原（かさはら）家の長男である、自分はどうなのだろうか。

息苦しいと感じていた。比喩ではない。この夢を見始めた時から、ずっと胸の苦しさを感じている。それに、雨のあとのようなこのにおい。知っている。湿気をたっぷり含んだ山の土は、こんなにおいを漂わせている。

山へ入ってはいけない。山で死んだものは、山に葬られることになる。

恐怖と焦りが、蒼の胸を貫いた。

起きなければと考える。焦りに反して手足はうまく動かない。目と口を開けようとして、ざらつく感触に思わず顔をしかめた。舌にまとわりつくものを吐き出す。これは、土だ。顔にも体にも手足にも、枯れ葉交じりの土が覆い被さっている。

混乱する頭で、蒼は必死に考えた。思い出せ。目を覚ます前の、最後の記憶。自分は確か山にいた。ケンの墓参りを――十八歳で死んだ飼い犬の墓参りを――するために、家の裏の鉢底山へ入っていったのだ。お盆はとっくに過ぎていたけれど、ケンがそこにいるような気がして。

祖父も祖母もいない。父と母は仕事で家を空けており、姉の柚希はこのたびの長期休みにも帰ってくる気配がなかった。山へ入るのは今日しかないと思ったのだ。

家族の目を盗んで、山へ入って。一抱えの石を置いただけのケンの墓に手を合わせて。そして、何が起こったんだ？　頭に強い衝撃を受けた、と振り返る前に――眼に火花が散った。後頭部がものすごく痛かった。叫ぼうにも声は出ず、顔が膨れ上がる心地がして。

誰かに殴られたのか？　背後から近寄ってきた、何者かに？

そこからの記憶はない。いつ意識を失ったのかさえ、はっきりしない。

そして自分は今目を覚まして、ここに横たわっていた。わからない。理解も納得もできないことだが、状況から推測することはできる。

自分は山の中で殺された。何者かに、頭を殴られて。

そしてここに〝埋葬〟されたのだ。山で死んだものは山に葬る、という伝承のとおりに。

何者かに殺された。そうして自分は――死んだ？

黒い汗が吹き出すような焦りに、蒼は勢いよく身を起こす。土が上半身からざっとこぼれ落ち、視界がクリアになった。ケンの墓の前だ。自分の服装はそのまま。適当に着たTシャツに、何の特徴もない綿のパンツ。ポケットを探るが、入れていたはずのスマートフォンはなくなっていた。手で周囲を探る。硬いものが指先に触れて、思わずそれを拾い上げる。

未開封のスポーツドリンクのペットボトルだ。傍らにはこれまた未開封の菓子パンの袋が転がっている。

「――供物？」

思わず声が漏れる。山で死んだものには、供物をどっさり持たせて葬るという儀式に従ったということなのだろうか。何のために？　誰が？　わからない。だが、とにかく――起き上がって帰らなければ。でも、どこに？　どこにって、そんなもの決まっているだろう。家に帰るのだ。まだ日は高い。夕方になれば、祖父母も帰ってくるはずだから。その前に――警察や救急に電話をしたほうがいいのだろうか――？

祖父母。両親。警察。病院。

駄目だ。

うまく説明はできないが、今は親しい人に会ってはいけない気がする。なぜって――なぜって――。

今の自分は、死んでいるからだ。

目が覚めた時からうっすらとわかってはいた。自分は、普通ではない状態で意識を取り戻してしまったと。息を吸ってはいるが、呼吸をしてはいない。鼓動は聞こえず、手足は気温よりも冷えている。なのに体は動いて、考えて、こうして立ち上がって――。

ゾンビとも幽霊とも言えないような、奇妙な存在。それが今の自分だ。

この状況に焦っていないことに、蒼自身がおどろいていた。十四年生きてきて、それなりに世の中の摂理と呼ぶべきものは学んだつもりだ。死体は動くことがない。心臓が止まれば生命は活動を停止し、自ら動くことはなくなる。

それでは、今の蒼はどういう存在なのか。説明はできないが、それでも歩き出さなければ。親しい人に見つからないよう、とにかく身を隠すのだ。

どれほど帰りたくとも、今は家に向かうわけにはいかない。

日が沈むのが、ほんの少しだけ短くなった。身を焼くような暑さも、心なしか緩んできた気がする。

なのに雨の降り方は真夏のままなのかよ——と、藍原は濡れた顔をタオルハンカチで拭った。文字どおり、滝のような雨だ。もう屍人探偵社に着くからと十分ほど全力疾走したのだが、やはりどこかで雨宿りをしたほうがよかったか。

＊　＊　＊

びしょ濡れのままで家に入ると、烏丸に何を言われるかわかったものではない。短く切った髪もハンカチで拭いて、水を絞る。まあ、暦の上では夏の終わりとはいえ、まだ八月だし暑いんだよな。シャツを脱いで絞り、くしゃくしゃになったそれをもう一度着る。魔物の首のようなノッカーを二度叩いて、藍原は重い扉を開いた。

「烏丸さん！　来たぞ」

いつものごとく返事はない。薄暗い玄関ホールを横切って、藍原は奥の寝室を目指す。

こん、と足先で何かを蹴った気配がした。

「ん？」

横倒しになった椅子だ。埃だらけのシャンデリアの真下に放置されている。

「なんだ——めずらしく、掃除でもしようかと思ったのか？」

「電球の交換だよ。もう二十三年前からずっと切れっぱなし」

「うおっ!!」

倒れた椅子の陰から聞こえてきた声に、藍原は飛び上がる。烏丸だ。丈の長いえんじ色のスモックを着て、気をつけの姿勢で横たわっている。

「何やってんだよ」

「何って言ったとおり、電球の交換さ。椅子に登って古いやつをはずそうとしたけど、届かなかった」

虚空を見つめる烏丸の顔を見、天井のシャンデリアを見上げて、藍原はまた視線を戻す。烏丸も背は低いほうではない。藍原はかなり体が大きいほうだ。それでも椅子に登ったぐらいでは、シャンデリアの飾りにすら届かないだろう。

「電気屋さんを呼んで交換してもらう——ってわけにはいかないのか。特定の人と長々話をしたら、屍人ってばれちゃうかもしれないもんな。それともちょっとくらいなら大丈夫なのか？」

烏丸はうつろな目をしたまま、でんき……やさん……とつぶやいた。家電も家具も細々としたものも、この家にあるものはすべて古い。埃のからまった蜘蛛の巣が張る天井を見上げ、藍原はまた問いかけた。

「築何年になるんだ？　この屋敷」

「さあ。昭和のはじめだかそのちょっと前だかにできた建物だからね。百年くらいにはなるんじゃない？」

「さあ、って——もともとあんたの家なんだろ」

烏丸はむくりと起き上がり、視線の動きだけで藍原を見た。眼球そのものが大きいせいか、上目遣いになると白目の部分がいっそう大きく見える。

「そうだよ。僕はずっとここに住んでる。生まれてからはここで育って、死んでからもここにいる」

「それって、屍人になってからってことだよな。あんたもこの家と同じくらいの歳なのか？」

「まあね。百年ものだよ」

普通に生きていれば百歳、ということなのか。今の屋敷に烏丸以外の人間は住んでいない。家族の写真や遺品など、烏丸に近しい人物に関わるものを見た覚えもなかった。

「烏丸さん。あんた、家族って——」

烏丸は唐突に立ち上がり、ホールを横切ってすたすたと歩いて行く。ダイニンググルームにつながる扉を風のように開け、庭を望む大きな窓の前で立ち止まった。

「なあ――おい。椅子はあのままでいいのか？」

はぐらかされたのか、それ以上聞くなという拒絶なのか。烏丸の横に立って、藍原も緑が繁茂する庭を見つめる。サッカーボールほどの白い墓石の集まりが、陽の光をまぶしく反射していた。

「ちょっと聞きたいんだけどさ。今年のお盆ってもう終わった？」

「盆？　地域や宗派にもよると思うけど、一般的にはもう終わったんじゃないか？」

そう答えた藍原に、烏丸は目も口も丸く開けた表情を見せる。自分の手で自分の頭を叩いたかと思うと、また唐突に体の向きを変えて歩き始めた。部屋の片隅にあるダイニングボードの引き出しをあさりながら、まずいまずい、行かなきゃ行かなきゃと繰り返している。

「どうしたんだよ」

藍原の問いかけには答えず、烏丸はぱっと顔を輝かせる。小さな織物の袋を大事そうに抱えて、にこにこと微笑みながら歩み寄ってきた。

「いやあ、よかったよかった、きみがいてくれなかったらすっかり忘れるところだったよ。というわけで、さっそく出発しよう。ええと、まだ朝の九時か？　だったら、昼前にはきっとたどり着ける。足が速くて軽ければ、日のあるうちに帰ってこられるとも」

「待て、待て。待て。待て——急な展開すぎて何ひとつわからねえ。どこに行くっていうんだ？」

「もちろん、決まってるじゃないか」

埃だらけの帽子を脱ぎ、烏丸はにこりと笑う。黒い山高帽を帽子掛けから取り、頭にかぶりなおしてから、あっさりとした声で言い放った。

「墓参りに行くんだよ。死者の魂が、まだ此岸に残ってるかもしれないうちにさ」

＊　＊　＊

——山に入っちゃいけない。山で死んだものは、そこで葬られることになる。

——わかってるよ。蒼は穴喰らいの伝承なんか、まともに信じてない。サンタクロースの話と同じ。子供を戒めて、言うことを聞かせるためのたとえ話なんだって思ってるね。

――でも、でもさ。同じ話がずっと語り継がれるのには理由があるんだよ。江戸時代にだって、明治だって、昭和だって平成だって……ぜんぶ私たちが生まれる前の話だっていっても、同じことが起こってる。山でたくさんの人が行方不明になってるんだって。昭和のはじめまでは、本当に山に死体を埋めて、それが消えるってこともあったみたい。だから穴喰らい。死体を埋めた穴を掘り返して、それを持って行っちゃう。

――それが実際に起きてることならさ。たとえ話では済まないんじゃない？

――私？　私は信じてるよ。というより、信じない理由がないんだよ。秘密だけれど。私、穴喰らいに会ったことがあるからさ。直接話を聞いたことがあるからさ――。

＊　＊　＊

私鉄をふたつ乗り換えたあたりで景色が変わり、窓の向こうがくすんだ緑に染まった。乗り降りをするためだけの小さなホームに降り立ち、藍原は色あせた駅名を見上げる。鉢底山口。雨と風ですっかり劣化してしまったポスターには、『群東まつり』の字が躍っている。

「鉢底山——駅名もここから来てるのか」

祭りのポスター片隅に山の写真があって、『鉢底山』と白いキャプションがついていた。周囲を見渡す限り、山に囲まれた地域という感じだ。

「ここが目的地、ってことでいいのか？」

「まだだよ。駅からもうちょっと歩く。まあ軽く二、三時間はかかるかな、はは！」

冗談なのか本気で言っているのかわからない。山高帽をかぶり、真っ黒な外套を着こんだ烏丸が、軽やかな足取りで歩き始める。真夏の昼間、周囲の目にはさぞ奇異に映ることだろう。

無人の駅だ。狭い改札を通り、ベンチがあるだけの駅舎を抜ける。駅前はちょっとしたロータリーになっていたが、乗用車やタクシーは一台も見当たらなかった。何年も放置されているとおぼしい自転車が十数台、フェンスのそばに止められていた。

「小学校の時、学校の行事でこういうとこに泊まりに来たな」

藍原の母方の実家は地方の市街地にある。父方の祖父母とは交流がない。藍原にとって、山間部の町は〝おじいちゃん、おばあちゃんの家がある場所〟ではなく〝自分の生活には組み込まれなかった、なじみのないどこか〟であるのだ。

烏丸は迷いのない足取りで歩いて行く。藍原もあとに続いて、蟬の声がしゃわしゃわと響くフェンス沿いの道を進む。気温は確かに高いが、汗が噴き出すほどではない。街中よりも確実に涼しかった。

「なあ。どこまで行くのか、ざっくりでいいから教えてくれよ」

烏丸は腕をまっすぐに伸ばし、眼前に延びる道を指し示した。カーブする道路の先には刈り取りを控えた水田と雑木林が広がっている。大きな庭を備えた民家がぽつりぽつりと見えていた。

「鉢底山の山道だよ。といっても、まともな道があるわけじゃないんだけどさ。適当なところで山に入っていく。うまいこと上れたら二、三十分、ぜんぜん駄目ならそのまま狸(たぬき)の夕食になるってとこかな、はは」

「危ないだろ。こんな軽装で山に入っちゃ」

まっとうな意見を返してから、藍原は自らの全身に視線を走らせた。半袖シャツにジョガーパンツ。山を舐めきっているにもほどがある服装だ。烏丸の格好は言うまでもないが。

「大丈夫だよ。僕、ここに来るのはもう五回目だからね。町の地理どころか山の獣道まで頭に入ってるよ。さっと行ってすぐ帰ってくれば問題ない、だろ？　このあたりも昔は交通の便が悪くてさ、行って帰ってくるのにまる十日かかる十日村（とおか）なんて言われてたこともあるみたい。難儀だよね。往復十日なんて、どんだけおにぎり用意していけばいいんだって話だよ」

藍原はもう一度周囲に視線を投げる。見渡す限り緑、山、畑、田だ。今でこそ道路も鉄道も通っているが、昔は近寄ることすら困難な地域であったのだろう。視界は開けているのに閉塞感を覚えるのは、そういった地理上の問題が関係しているのかもしれない。

「で――その山の中に、墓があるのか？　その、烏丸さんの家族か親族か、わかんないけど」

烏丸は振り返り、帽子のつばをちょっと下げてみせた。めずらしく〝普通の〟表情をしている。

「いいや、知り合いだよ。知り合いでもないかもしれない。知ってる人っていうのかな？　名前も知らないから、他人っていうか、知らない人だな！」

「なんだよそりゃ」

素性も名前も知らないが、墓の場所は知っている。何もかもよくわからないが、とりあえずついて行くしかない。

「いや、急に墓参りに行くって言い出したからな。俺はてっきり――」

「あ、おまわりさんがこっちに来る」

　前方からスクーターのエンジン音が響いてくる。青い制服に身を包んだ五十代くらいの警察官が、すれ違いざまに烏丸と藍原に頭を下げていった。会釈を返し、藍原はまた烏丸の背に視線を戻す。

「パトロールか。暑いのに大変だな」

「――何か、おかしいぞ」

「どうした」

「ほら。住人が家の外に出ておしゃべりをしてる。これは一大事だよ」

「そりゃ人間なら外にも出るし近所の人とおしゃべりもするだろ」

「街よりは涼しいって言ったって、まだやけどするほど気温が高いっていうのに？」

　烏丸は藍原に横目で視線を送り、口角を上げてみせる。そして何の迷いもなく立ち話をしている住人――六十代くらいの女性ふたりのもとへ近寄っていった。巨大な庭のある住宅の敷地の前だ。門のそばに立っているほうが家の住人であろうか。

「こんにちは。なんだか騒がしいですねえ」

　帽子のつばを上げ、烏丸は陽気な口調で挨拶をする。あまりに自然な様子で声をかけるので、藍原のほうがびくびくしてしまった。普通に話していれば、そうそう屍人とは気づかれないのだろうか。

女性たちは烏丸の服装をさっと見て、さほど警戒する様子も見せずに答える。

「昨日から中学生の子が行方不明だって。まだ十四歳よ。ほうぼう捜し回ってるけど、親戚の家にも友達の家にもいないんだってさ」

「財布とスマホは持って出たみたいだからね。ただの家出かもしれないけど、親はたまったもんじゃないでしょ」

藍原は烏丸と顔を見合わせる。先ほどすれ違った警察官は、その行方不明の中学生を捜している最中であったのだろうか。

「あそこの家、笠原さんね。お姉ちゃんがいるでしょ。町の高専で寮に入ってる子。夏休みも帰ってこないって、おばあちゃんが嘆いてたわ」

「高校入ってからほんとに姿見てないねえ。行方不明になった子、蒼くん、そのお姉ちゃんのとこにも行ってないんでしょ。だったらお姉ちゃんもこっちに帰ってきたらいいのに。一緒に捜すとか何か」

「あの子は自分のことしか考えてない、っておばあちゃんも言ってたわ。それにしたって、弟がいなくなってるってのに、飛んで帰ってこないもんかね」

烏丸や藍原に話しかけるでもなく、女性たちは顔をつきあわせて会話を続ける。そして急に思い出したようにふたりのほうを見て、問いかけてきた。

「ご旅行ですか」

「いえ。墓参りですよ」

烏丸の答えに、女性たちは互いに視線を交わした。墓参りだって。こっちが地元？　見たことある、この人？　さあ。という会話が聞こえてきそうだ。

「山のほうですか。今年は雨がよく降ったから、気をつけて」

「どうも。行方不明者を増やして、警察の方の負担を増やさないようにしなければね」

帽子を脱いでもう一度会釈をし、烏丸はとっとと歩き始める。藍原も頭を下げてからあとに続いた。背中にまだ視線を感じる。行方不明の事件に、不審な男がふたり。住民たちが不安になるのも無理はない。

「中学生の子か。家族の人、みんな心配してるだろうな」

ガードレール沿いの道の傍らには、澄んだ川が流れている。嫌な想像が頭をよぎり、藍原は身を震わせた。緑の深い山や、少しの流れでも足を取られそうな川。ただの家出、気まぐれの外出であることを切実に願う。

「まあ、中学生なんて背中の毛が抜けただけの赤子みたいなもんだからね。さぞ不安だろうさ。けれど、家族全員が心配しているってわけでもないかもしれない」

「何不穏なこと言ってんだよ。その子の家族のこと、何か知ってるのか？」

振り返り、烏丸は含み笑いを浮かべる。それからくるりと前を向いた。

「いいや。ぜんぜん。ここへ墓参りに来始めて五年になるけどさ、知り合いができるどころかバス停の名前のひとつも覚えられてないよ」

「じゃあ適当なこと言わないでくれよ」

不謹慎だろ、という言葉を飲み込み、藍原は頭を掻き回す。あれこれ事情を推測し、勝手に判断しているのは自分も同じか。

「早く見つかるといいな」

烏丸は肩をすくめ、日が照り返す道路を歩いて行く。藍原も黙ってその背を追った。

周囲を見回しては、何か手がかりはないかと目をこらす。元気な姿でふっと見つかればいいのだが。

「しかし、本当に周りはぜんぶ山って感じなんだな」

藍原は山間の土地になじみがない。東西南北どこを見ても視界が抜けるところがなく、山に囲まれた道を歩いて行くのは、まさに非日常としか言いようのない体験だった。

「昼七分、夏八分。冬の夜長にゃわらじ結え」

烏丸が急に、童歌めいた口調で聞き慣れない言葉を口にする。藍原は少し距離を詰めた。

「何だ？　今の」

「ここ、群東地方に昔からある言い回しだよ。山に囲まれてるから日没が早い。昼は平地に比べて七割くらいの長さしかなくて、夏もすぐに暗くなる、っていう感覚なんだってさ。農作業にだって支障が出るんじゃないかな。だから暗い夜には家にこもって内職でもしてろ、くらいの意味じゃない？」

山が天に迫るような場所では、そういうこともあるのか。電気もなかった昔はあっという間に暗くなったに違いない。

「山の中で帰るのが遅れて、真っ暗になったりしたら怖かっただろうな」

「今でも山の夜は真っ暗さ。人魂（ひとだま）でも燃えてない限りはね。まあ、この地域の人は山の中でうっかり夜を過ごす――なんてこともなかったと思うよ。特に、女の人はね」

「女の人だけ？　なんでだ？」

「伝承がある。穴喰らいってやつさ。郷にお嫁に来た女性だけを狙うっていう、妖怪みたいなものかな」

妖怪、と聞いて、藍原は空に浮かぶ目や町を襲う巨大な骸骨を思い浮かべる。小さいころに見ていたアニメの影響だろう。

「襲う属性が限定的なんだな。山に出るってことは、熊とか狼みたいなやつが妖怪化した感じなのか？」

「いいや？　みんな、見たことないらしいし」

「いや、見たことあったら逆にびっくりだろ――」

「誰も見たことがないんだよ。穴喰らいの姿形は伝承にも語られていないし、もちろん絵にも描かれたことがない。ただ女性が山に入って、殺されて、それを埋めた穴から死体が消えるっていう伝承があるだけさ。穴喰らいはこの地域の人にとって、具体的に姿を持つ妖怪の類いじゃなく、現象そのものみたいなものなんだよ」

　山に入って、女性が殺される。それを埋めた穴から死体が消える。その姿は語られておらず、ただ現象が伝わるのみ。藍原は腕を組む。やはり、はじめに思いついた答えが合っているのではないだろうか。

「やっぱり、熊じゃないのか。熊は自分の獲物だって決めたものに執着するって、なんかで読んだことがあるぞ。だから死体を掘り返すんじゃないか？」

「熊、いないよ」

「え？」

「地理的な何かが関係してるんだろうけど、この地域には昔から――少なくとも記録が残っているようなころからは——熊が生息していないんだ。だから『熊だろう』説は却下される。ニホンオオカミって線もなさそう。三十年くらい前だけど、平成に入っても穴喰らいの仕業としか思えない事件が起きてるからね」

　藍原は口をぽかんと開ける。教訓めいた伝承でしかなかったものが、にわかに不気味な雰囲気を帯びてきた。

「三十年前にも？　妖怪の仕業だって確証があるのか？」

「山に入った女性が行方不明になったんだって。軽装だったし、とてもそのまま家出をするとは思えない。死んだところは目撃されていないけど、地元の人は『久しぶりに穴喰らいが出た』って噂してたみたい」

　山に入ったものが忽然と消える。烏丸がはじめに語った伝承とは少し異なっているような気もするが、〝人の消失〟という点では共通しているのか。行方不明になっているという中学生の話を思い出して、藍原は二の腕をさすった。

「土地の問題なんじゃないか？」

　行く先にそびえる山を、藍原は見やった。登山に関する知識はまったくないし、山間部の村や町がどう開発され、どう発展してきたかという歴史にも詳しくはない。けれど、迷い込んだら容易に出てこられない山道が存在しているであろうことは素人にも想像がつく。人里に近い場所であっても、危険な場所は数え切れないほどあるのではないか。

「ちょっと迷い込んだら下りてこられなくなる。だから昔から行方不明になる人が多いし、山に入るなって教訓でもあるんじゃないか」

「それじゃあ、〝埋めた死体が消える〟という部分の説明がつかない。だろ？」

烏丸が振り向き、片目をつむってみせる。その灰色の顔を見て、藍原ははっと息をのんだ。埋葬した死体が消える？　獣の仕業ではない。埋めていたはずの死体が、まるで自分で起き上がったかのように、その場からいなくなっているとしたら——。

「『屍人』か⁉」

「おっきい声を出すなよ。腐りかけの目玉が飛び出るかと思ったぜ」

しれっとした表情をしている烏丸の横に並び、藍原は足を速める。何気なく歩いている時の烏丸の歩調は、意外と速い。

「死体が勝手に起き上がって、動き出す。それが屍人になるってことなら、伝承にも説明がつくんじゃないのか」

「まあ十中八九、そうだろうね。獣とか、死体が大好きな人間の盗掘じゃなければ、屍人になって穴から這い出したって解釈が一番しっくりくる。けれど、それは僕らが屍人という存在を知っているからこそだ」

「そりゃそうだ。知らない人間からすると、死体が急に消えたようにしか思えない」

「伝承には〝歩く死体〟の存在は書かれていない。つまり、村人は屍人として目を覚ました人間の姿を目撃したことがないというわけさ。どういうことかわかるね？」

「屍人として復活した人間は——村に帰っていない？」

「そういうこと。山の中に埋められたっていっても、村人数人で死体の入った桶を運べるような場所だ。屍人の足でも帰ってこられるはずなのにね」

藍原は首をひねる。屍人になったものは、親しい人にその死を認識されると死んでしまう。屍人として復活して、自分の家族に会いに村へ帰ってきたとして、その人はどうなるか。死を認識されて、本当の死人となるのか。あるいは『屍人』としての存在のまま、家族が隠し続けて暮らすのか——そんなことはできないはずだ。だがもし、家族の中にその人を殺した犯人がいたとしたらどうだろう？　その場合、復讐を果たしさえすれば、その屍人は再び生者として生きることになる。いずれの場合にしても、復活した人間の姿を誰も見たことがない、という点に違和感が残るではないか。

「……わかんねえ。ちょっと特殊な条件がある、とかなのか？」

「僕が百年近く見てきた限り、特例を持った『屍人』はいなかったよ、ひとりも。みんな誰かに殺されていて、その人物を糾弾すれば復活する。失敗すればそのまま死人になる。単純さ」

そう。屍人になる第一条件は、誰かに殺されることだ。直接的にであれ間接的にであれ、その死には人の手が介入している。

伝承に残る「穴喰らいにやられた人間」が「誰かに殺され、屍人として復活した人間」であったとして、いったい誰がその人を殺したのか？　疑問はつきない。藍原は腕を組んでうなるが、烏丸はそんな話題も急に忘れてしまったかのように、調子外れの鼻歌を歌い始めた。そして急に足を止めて、道の脇の斜面を見上げる。

「着いた！　確か、ここだ。ここから上がっていったら近道なんだよ」

「近道――待て――そもそも道がないぞ」

二メートルほどの高さまでコンクリートで固められた斜面に、階段などは見当たらない。見上げる先には「鬱蒼とした」としか言いようのない林が広がっているだけだ。

「こりゃ近道じゃねえ。〝近〟じゃねえか」

「くだらないこと言ってないで登るよ。よいしょっと」

天井を這う蜘蛛のように、烏丸は法面(のりめん)をすいすい登っていく。手の汗を拭き、藍原もあとに続いた。足や手をかけるところはあるが、なにせ勾配が急だ。滑り落ちる前に次の手足を出し続け、なんとか枝や落ち葉の積もる地面にたどり着く。烏丸は何食わぬ顔で服の土を払っていた。

「いくらなんでも人が進んでいいコースじゃねえぞ」

「僕は屍人だし、きみは常人離れした体力の化け物だ。つまりふたりとも人じゃない。問題なし」

「あんたも俺も人間だろ。足下気をつけろよ」

烏丸の服装は、とても山を歩けるようなものではない。藍原も人のことは言えないが。木々の枝や根をひょいひょいとよけながら進む烏丸の背を、藍原は離れないように追っていく。黒っぽい服装は林の景色に意外と溶け込むものだ。

「大丈夫、迷うことはないよ。目印をつけておいたからね」

「目印？　木に何かつけておいたのか？」

「去年来た時にさ、木にとまっているコガネムシの数を数えておいたんだよ。小数点第二位までしっかり覚えてるぞ」

すべてが冗談で固められた言葉に、藍原は天を仰ぐ。無事に帰れるだろうか。

「烏丸さん。道知ってる……のはあんただけだし、あんたが頼りなんだぞ」

「大丈夫大丈夫。そもそもそんなに歩かないしさ。ほら、もう見えてきた」

「見えてきた、って何がだ？」

「目的地だよ。墓参りって言っただろう」

立ち止まり、藍原はぐるりと周囲を見回す。いつの間にか登山道らしい場所に出ていたらしい。人の足で踏み固められた細い道が、斜面に沿って続いている。墓石や卒塔婆は見当たらない。

「墓——らしきもの、ないぞ」

烏丸は丁寧な手つきで、少し進んだ場所にある祠を指し示した。人の腰の高さまでしかない小さな社殿が、緑の草と葉に埋もれそうになっている。紙垂は変色し、茶色い染みを無数に浮かべていた。

「ここだよ。その立派な家がそうだ」

烏丸は祠に歩み寄り、膝をついて手を合わせた。周囲の草をぶちぶちと抜きながら、独り言めいて漏らす。

「去年、けっこうきれいにしたはずなのになあ。すぐ荒れちゃうし、すぐに埋もれちゃうね」

藍原は何とはなしに左右を見、烏丸の隣に跪く。手を合わせて拝みながら、自分の無知を恥じた。

「なんか、ごめんな」

「何がだよ」

「こういう形の墓があるって、俺知らなかったんだよ」

烏丸はぐるりと目玉を回し、首を左右に揺らした。明らかに人を小馬鹿にしている顔だ。

「まあこれ、墓じゃないし、祠だからね！　きみが森羅万象を知る全能の神であったとしても、これを墓だとは呼ばないだろうさ。だって祠だし」

殊勝な気持ちになったことを後悔しつつ、藍原は横目で烏丸を見た。手を合わせたままで続ける。

「じゃあ、あんたが目指す墓はまた別にあるってことか？」

「いいや。ここが目的地だよ。僕が手を合わせるべき人は、ここに眠っている」

崩れかけの社殿に、今にも朽ちそうな注連縄（しめなわ）。道の端で忘れ去られたこの祠に、誰が眠っているというのか。

「あんたの知り合いの人、神様なのか」

「人間だよ。馬鹿なこと言うんじゃない。ちゃんと生きた人間だったし、普通に死ねば普通に里の墓に埋葬されるべき人間だった」

「それって、さっき言ってた『穴喰らい』の伝承と関係あるのか？」

烏丸は立ち上がり、口の端だけを上げて笑った。空を覆う木々の葉を見上げ、言う。

「山で死んだものはもう山のものだから、里に帰ってくることはできない。もはや人間でなくなるなら怨霊になることさえ恐れなくていいはずだけど、今度は正体不明のものになって〝障る〟ことを危惧したんだろうね。だから祠を建てた。もうここにとどまれ、里には下りてくるなっていう意思表示だよ。敬っているようで、実は拒否しているのさ。五年前、僕のもとに来た時にもその女性は言っていた。もうあの里には帰れない。何十年も鉢底山の中でずっとひそかに暮らしてきたけれど、限界だって」

鉢底山。女性。烏丸が語っていた伝承を思い出し、藍原も立ち上がる。あたりには濃い湿気のにおいが漂っていた。

「それって――屍人として復活したものの家には帰れなかった、『穴喰らい』の犠牲者じゃないのか？」

「さあ。彼女は大事なことを何も語らなかったからね。正直なところ、僕にもよくわからない」

ぱき、と枝を踏む音がして、藍原と烏丸は同時に振り返る。整然と並んだ木の幹と、ミルク色に煙る空気。視界に入る情報が多すぎて、かえって何も捉えることができない。今の音は、どこからだ？　藍原は烏丸と顔を見合わせる。探偵は表情をぴくりとも動かさず、機械的に首を巡らせるだけだった。

「この山、熊はいないいんだよな」

「いないと聞いているね。でも肉食のミミズくらいはいるかもしれない。でっかいの」

「ミミズが足音を立てるかよ——」

再び落ち葉を踏む音がして、藍原は身構えた。今度は音の出所がはっきりとわかる。自分たちが登ってきたのとは反対の方角、山の奥へと入っていく側だ。ひときわ太い幹の木があって、その陰に何やら動くものが見える。身を縮めて、気配を殺して、こちらを窺っているかのような。この距離だと、藍原や烏丸の会話も聞かれていたはずだ。こちらが向こうに気づいていることを、向こうも知っているに違いない。

「おい」

藍原は低く呼びかける。木に隠れた影が、びくっと身をすくめた。

「出てこ——いや、出てきてください。俺たち、怪しいものじゃないです」

山に住む小さな獣か、近隣に住む住民か、はたまた巨大なミミズなのか。あらゆる可能性を同時に考えながら、藍原は慎重に歩み寄っていく。すぐ後ろから、烏丸が足音を立てずについてくる。あと五メートルほどの距離に迫ったところで、木の陰に隠れていたものがにわかに顔を出した。藍原は思わず立ち止まる。目の前に飛び出してきたその姿を見て、思わず「あっ」と声を漏らした。

まだ伸びきっていない身長と、特徴のない無地のTシャツ。黒のパンツの裾は膝まで泥だらけになって、腿のあたりには茶色い飛沫が飛び散っていた。相手は片手を前に突き出し、その場で硬直している。こっちに来ないで、と全身で訴えるかのように。

「きみ——行方不明になっているっていう、中学生の子じゃないのか」

安堵すると同時に、藍原の鼓動はどんどん早くなっていった。落ち着け。相手は混乱しているかもしれない。顔色は悪いが、目立った外傷はないようだ。それだけに走って逃げられる可能性もある。意志あっての家出なら見つけてほしくはなかったはずだ。どう声をかければいい？　どう行動するのが安全なんだ？

「やあやあ、まあ、問うまでもないだろうね。きみこそが、みんながほうぼう捜し回っている中学生に間違いないだろう。安心しろ、きみ。僕らは怪しいものだ。きみにとってはまったく関係のない人物、親しい人間でも警察関係者でもないから、心置きなくこっちに近寄ってくればいいよ」

「烏丸さん！　何を言って——」

叫んでから、藍原は片手で口を押さえる。烏丸の妙な言い回し。蒼白としか言いようのない、少年の顔色。まさか？　動けずにいる間に、少年がゆっくりと足を踏み出した。

ほんの数歩歩いて立ち止まり、少年はふたりの顔を見上げる。白い唇から声が漏れる。

「笠原蒼です。行方不明になってるっていう中学生は、たぶん僕のことだと思います」

蒼と名乗った少年は、顔を伏せて自分の足下を見た。泥のこびりついたスニーカーを見つめたまま、再び黙り込んでしまう。

藍原はしばらくその姿を見守っていた。なんと声をかけ、どう動き出せばいいのかがわからない。

少年の首には、紫に変色したひと筋のあとがあった。

誰かに紐状のもので首を絞められたであろうことは、素人目にも明らかであった。


藍原の渡したウエットティッシュで顔を拭った蒼は、おどろくほど落ち着いて見えた。受け答えははっきりしており、烏丸や藍原のことをしっかりと理解し、受け入れてくれているようにも見える。

ただ、手足の擦り傷や服についた血の飛沫、首の索痕(さっこん)はあまりに痛々しい。まともに見ることができず、藍原は木の根に座る蒼からそっと視線をそらす。『屍人』について一通りの説明を終えた烏丸が、葉の積もる地面の上であぐらを組み直した。

「きみが気づいたこと、取った行動、すべてが間違っていない。大正解、花丸、百点満点をあげたいくらいだよ。きみは今歩いて話せる『屍人』になっていて、親しい人やしかるべき機関で死を認定されればその心臓は本当に止まってしまう。今は待機状態、宙ぶらりんってことだね。きみがやるべきことはひとつ。きみをこの山の中で殺したやつを僕らといっしょに見つけて、そいつをコラって怒ること。だから心当たりがあるなら、何でも言ってほしい。まずはきみが死んだ時の状況を、もう少し詳しく教えてくれるかい？」

藍原はひやりとしながら、烏丸の顔を見る。蒼はまだ十四歳の子供だ。もう少し、気を遣いながら話してやるべきではないのだろうか。

「怖いと思うけど、きみを生きて家に帰すにはそうするしかないんだ。きみを手にかけた悪いやつからは、俺たちが守るから。話せる範囲で話を聞かせてくれないか」

そう言った藍原の顔を見、烏丸の顔も見て、蒼は丁寧に頷く。顎を撫でて考えながら、まだ幼さの残る声で話し始めた。

「いつも、山には入っちゃ駄目って言われてるんです。穴喰らいっていう妖怪みたいなやつの話があって。祖父母や両親は僕が小さいころからその話をして、とにかく山には入るなってきつく言ってました」

「山で死んだ人の死体を持って行くっていう妖怪みたいなやつだね」

藍原の返答に、蒼は頷く。

「はい。子供を山に近寄らせない、たとえ話だと思うんですけど。けど家の裏からも入れる鉢底山が危ないのは本当らしくて、今までも行方不明になった人がたくさんいたって親がよく言ってました。だから僕も入らないようにはしてたんですけど、三ヶ月くらい前に、飼い犬が死んじゃって――」

「山の中で、かい？」

脱いだ帽子を回しながら、烏丸が聴く。蒼はかぶりを振った。

「いえ、家の中で、です。十八歳でほとんど歩けなかったから、ずっと和室の犬用ベッドで寝てて。僕が学校から帰ってきた時には死んでました。ばあちゃん、いや、祖母とか、母もすごく泣いてて。それでじいちゃんが、ケンは山で生まれて里に出てきた犬だから、山に埋めてやろうって言い出して」

「山で死んだものは山に埋める――っていう伝承と、何か関係があるのかな」

「どうかな……わかりません。でも、じいちゃんくらいの年齢の人だと、山のものは山のものってよく言う人が多い気がします。山菜とかを採ったりするのはいいし、山を管理してる人は入っていいけど、なんか、山の動物とかはあまり触っちゃ駄目、みたいな」

「病気を持ち込まないように、っていう戒めもあるのかな」

藍原は腕を組む。何気なく視線を合わせた烏丸が、小馬鹿にするように眼球をぐるりと動かした。

「なんだよ」

「ちっちゃい、ちっちゃい！　ドールハウスのタンスの引き出しみたいなちっちゃいところに、結論を押し込めるんじゃないっての。伝承を伝承のまま受け取ったほうが、真実に近づくって場合もあるじゃないか」

「いや、言い伝えなんてだいたいそういうもんで――いや――うん。俺が悪かった。蒼くん、ごめんな。続けてくれ」

確かに、伝承の裏に屍人の存在があるとすれば、〝現実的な〟解釈に持って行かないほうがいい。自論を引っ込めた藍原を気遣わしげに見て、蒼はまた口を開く。

「――それで、祖父と父がケンを山に埋めて、簡単なお墓を作ったんです。僕もその時はついて行きましたけど、ひとりでは墓参りに行くなよってきつく言われました。家の裏から上がって、五分くらいで着く場所なんですけど」

「そうは言われたものの、ケンが山の湿った土の中でさみしく眠ってることが不憫でならない。だから家族がいない時を狙って、きみは山に入った。盆を過ぎてから行ったのは、休みの間はずっと家族の誰かが家にいたからだ――合ってる？」

「はい。お盆の間は母も父も仕事が休みで、出かける時は僕もいっしょに行くって感じだったので。姉も帰ってこなかったし、家族でずっと家にいた感じです」

「蒼くん、お姉さんがいるんだよな」

「はい。三つ上です。高専で、今は市内の寮に入っています」

蒼の家族構成がわかってきた。同居している祖父母に両親、それに今は家を出て寮生活を送る姉。この中から犯人捜しをするべきなのか――暗鬱な思いにとらわれ、藍原は口元をゆがめる。

「で、昨日はきみ以外の家族が誰も家にいなかった。ちょっと行って帰ってこようっていう軽い気持ちで、きみはそのワンワンちゃんの墓参りに行ったわけだ。残酷な運命がきみを待ち受けているとも知らずにね。そして、ドン！　気がつけば息も心臓も止まっていて、家に帰ることはできない。こいつはお先真っ暗だって思ってるところに、六フィートの地下から這い出てきたような紳士と、人造の怪物めいた大男に出会った」

誰が怪物だ、と烏丸を睨んでから、藍原は蒼に視線を戻す。痛々しいことでも、ここは詳しく聞いておかなければいけない。

「どこまで覚えてて、どんなことがあったか話せるかな。自分が、その……死んだ時の状況って、思い出したくもないだろうけど」

「大丈夫です。ええと——本当に、急にって感じでした。ケンの墓に手を合わせてたら、いいいいいい、後ろから頭を殴られた感じで」

「後ろから、なんだって？」

藍原はとまどい、烏丸の顔を確かめる。探偵は蜘蛛の巣めいた髪を指先に巻き付けながら、黒い唇を閉じているだけだった。

「急に、がつんって殴られたんです。痛いって言うかすごい衝撃で。後ろに誰かいるなっていうのはわかったんですけど、振り向く前にたぶん気絶してました」

「けど、蒼くん。その首の跡は——」

蒼は首筋に手をやり、顎を深く沈める。やがて顔を上げて問いかけてきた。

「首？　どうにかなってるんですか？」

「いや、その……」

「ぎゅって絞られたあとがあるよ。素敵なリボンでくくられたプレゼントみたいにね」

烏丸が人差し指で首をなぞる動作を見て、蒼は「え」と声を漏らした。気づいていなかったのか。頭を殴られた時点で気を失っていたとすれば、犯人のその後の行動は蒼の記憶に残っていない。しかし体にははっきりとその跡がある。犯人は頭を殴打した時点でまだ息のあった蒼の首を絞め、徹底的に蒼を殺そうとした――いや、殺してしまったのだ。明確な殺意を持って。

「絞められたって、僕、首を絞められたってことですか」

「おそらく――頭の傷より、そっちが原因で命を落としたんだと思うよ」

蒼は口元を手で覆い、背を丸めてしまう。ショックを与えるような言い方だっただろうか。まだ十四歳の子供に背負わせるには、あまりにも重い事実、生々しすぎる悪意だ。

藍原が必死に次の言葉を探していると、烏丸が急に立ち上がる。

「飽きたッ！」

「なんだよ、急に！　びっくりするだろ」

「ここで座ってるの飽きちゃった。ていうか、ここ別に蒼くんが死んだ場所じゃないし。あとは実際の現場が見てみたいなー」

「現場に戻る、って……大丈夫か、蒼くん？」

「あ、はい。大丈夫です。普通に」

藍原も蒼と同時に立ち上がり、服についた土や小枝を払う。もう足を踏み出しかけている烏丸に向かって、藍原は声をかけた。

「どうするんだ」

「もちろん、蒼くんに案内してもらうさ。きみが屍人として目覚めた場所。つまりはきみの殺害現場だよ。道は覚えてるかい？」

「はい。人が歩ける道をたどってきたので」

蒼は烏丸の前に出て、そのまま山を登るほうへと歩き始める。藍原がその後ろに続き、烏丸もあとを追ってきた。

「遠くなのかな？　その、蒼くんが目を覚ました場所は」

殺害現場、という単語を使うことができずに、藍原は曖昧な言葉で問いかける。振り返った蒼が首を横に振った。

「いえ。たぶん、二十分くらい歩いたら着くと思います。ここ、そんなにでっかい山じゃないんで」

「迷い込んで帰れなくなる、ってことはあまりないのか」

「わかりません。歩ける道は限られてるし、急斜面とかあるし、だから危ないって言われてたとは思うんですけど」

「あとは心理的なものかね」

後ろをぶらぶらとついてきていた烏丸が、間延びした声を上げる。その足音は不規則で細かく、やけに軽い。

「あの山は恐ろしいものだ、怖いものがいる、だからみだりに入っては生きて帰れない。人を助けるための伝承が人を縛り、萎縮させ、人は水のない池の中にも入れなくなってしまう。山に入らせたくない理由が何か別にあったのではないか、と僕は推測するね」

「ドールハウスよりちっちゃい引き出しに結論を押し込めるのは駄目、なんじゃなかったか？」

「僕はいろんな可能性を考えているだけだ。思考は海より広々としているよ」

山に人間を入らせたくない理由。穴喰らいの伝説。すべてがまだ曖昧模糊としていて、結論が出せるものではない。

藍原は額の汗を拭い、持参していたペットボトルの水を飲んだ。迷いなく歩く蒼の背にまた声をかける。

「目が覚めてから、どうしようと思ったんだい。家にも帰れないし警察にも頼れないってわかって、心細かっただろ」

屍人として目覚め、本能的にその立場を悟る。親しい人には頼れず、助けもない。十四歳の蒼には、そうとうきつい状況だったはずだ。

「これは親とかに見つかったらいけないんだなっていうのは、なんとなくわかりました。でも、そこにいたらじいちゃんたちが捜しに来そうだし。とにかくと思って歩き出したけど――山を下りられなかったんです。誰かに見つかるのが怖くて」

「だよな」

屍人になったということ自体が意味のわからない異常事態なのに、家にすら帰ることができない。藍原は口をつぐみ、歩く蒼のあとをひたすら追った。

しばらく歩いてから、振り返る。目を閉じて鼻歌交じりについてくる烏丸の姿を確かめて、すぐに視線を戻す。

「もうちょっとです。そこの祠のところを曲がったら、見えてきます」

三者とも無言のまま二十分ほど歩いたところで、蒼が数メートル先にある小さな祠を指さした。目的地の近くまで来たらしい。蒼が予告した時間どおりだ。

「あっちこっちに祠があるんだね」

「穴喰らいにやられた人をまつってるって、じいちゃんが言ってました。里に墓を作ってやれないから、死体が消えた場所に祠を建てて神様みたいにまつるんだって」

膝ほどの高さの祠の横を通り過ぎながら、藍原は両手を合わせ、なんとなく頭も下げる。石造りの祠は土台から傾いて、もう長い間手入れをされていないように見えた。

「着きました。これ、ケンの墓です」

祠を右手に見て曲がり、道を少し下ったところで、蒼が足を止めた。木の根元に、一抱えほどの丸い石が置かれている。この下に一家の飼っていた老犬が埋められているのだろう。

　烏丸は膝をかがめて石を確かめ、その体勢のまま振り返る。藍原も視線の先を追った。背後は急な斜面だ。雨水に流されてくるのか、木の枝や倒木の幹などがあちらこちらに引っかかっていて、容易に歩くことはできないように見える。

「犯人が背後から近寄ってきたとしたら――この斜面を下ってきたのか？」

　烏丸はひらりと手を振って、黒い唇をゆがめるように笑った。手袋をはめた手でケンの墓石を指し示す。赤黒い飛沫が線と点を描いていた。

「血、か？」

「土から染み出したワンちゃんの呪いじゃなければね。蒼くんはここで何者かに頭部を殴打され、気を失った。しかる後に首を紐状のもので圧迫され、殺害されたんだ。そのあとはどうなった？」

　急にぐるりと、人間離れした動きで首の向きを変えた烏丸に、蒼がびくりと身をすくめる。だがすぐに冷静な表情になって、泥のついた両手をこすり合わせた。

「あ、ええと、僕がどこに埋められたか、ってことですか。ほんとすぐそこです。たぶん、まだ跡が残っていると思います」

蒼が指さした先を確かめ、藍原は烏丸と顔を見合わせる。ケンの墓の後ろに回り込むような形で、林の中へと入った。本当に「すぐそこ」だ。切り株になった杉の木の根元に、人ひとりぶんのへこみがある。注意深く見なければ、いや、指摘されなければ、ここに誰かが埋められていたとはまったく気づかないだろう。

「浅いな」

見た目どおりのことをそのままの言葉で言ってしまい、藍原は俺のコメントのほうが浅いな、とひそかに恥じる。烏丸は「一円玉の厚みくらいしかないね」などと言いながら、穴の周りを歩いていた。皮肉か？

「蒼くんはすぐそこで殺されて、ここに埋められた」

烏丸は腰に手を当て、独り言のように言った。人形のような動きで首が左右に振れる。

「殴られたというが鈍器らしいものは残っていない。首を絞められたが紐状のものは見当たらない。犯人はここに蒼くんを埋めて逃走し、当然のことながらだんまりを決め込んでいる。ふむ」

「雑な感じだけど、蒼くんをここに埋めたのは――やっぱり発覚を恐れて、って感じなのか」

「それにしては浅い。たまたまそこにあったくぼみを利用して、土をちょっとかけたって感じじゃないか。なあ、蒼くん？」

「あ、は、はい。普通に起き上がれた感じでした」

「隠す効果もほとんどないってことか。じゃあ何のためなんだ？　それか、時間や力がなくてそれが限界だったってことなのか？」

藍原は言う。烏丸は手を顎に当て、一定のリズムで指先をとんとん唇に当てていた。めずらしく長考しているようだ。

「あるいは、それが必要な儀式だったからだ」

「儀式？」

「伝承だよ。山で死んだものは山に埋葬しなければいけない。そしてその死体は、穴喰らいにやられることになる」

藍原は身震いする。埋葬そのものが目的であったとすれば、蒼の体を深く埋める必要はない。穴に入れ、土をかけるという行為だけで、その儀式が成立するものであるとするならば。

「だとしたら――犯人も当然、その伝承を知ってるやつってことになるな」

口伝の怪異譚（たん）に詳しい人間か、あるいは幼いころから穴喰らいの伝承を聞かされてきた人間か。後者のほうが可能性は高く、容疑者の数も多い。蒼は藍原と烏丸の言葉にとまどう様子も見せず、首の後ろを掻いてから続けた。

「たぶん、犯人は穴喰らいにかなり詳しいんだと思います。僕が埋められてたところに、供物っぽいものが置かれてたので」

「供物？」

藍原は聞き返す。足下に視線を落としたまま、蒼は頷いた。

「はい。穴喰らいに殺された人間を埋める時は、食べ物とかお酒をいっしょに入れておくんです。僕の周りにも菓子パンとかスポドリが置かれてたので」

死んだ人間とともに供物を埋める。犯人はかなり忠実に穴喰らいの伝承の見立てをやろうとしているらしい。

「そんなに伝説に固執するなら、お年寄り……いや、そうとは限らないか」

藍原は言葉を漏らす。古い伝承を心の底から恐れ、忠実に守ろうとするのは、高齢者だけではないかもしれない。

「蒼くん。その、考えたくないかもしれないけど。きみを一方的に恨んでるやつとか、知り合いの中で明らかにやばいやつとかに心当たりはないのかい。同級生とか、思いつく範囲でいいんだけど」

「どうかな……そもそも僕、同級生がいないんです。群東中学校の生徒はもう僕だけで。

姉の柚希が卒業するのと入れ替わりみたいな形で、僕が入学したんです」

「そんなに少ないのか、生徒さん」

「はい。もう子供自体が少なくて。小学校も今いる四年生の子が卒業したら廃校になることが決まっています」

「じゃあ、蒼くんも高校に行く時は村を出るのかい？」

「村に高校はないんで、そうなると思います――でも、大学はたぶん行かないです」

「高校に行く前から、もう決めてるのか。なんで……あ、いや、事情もあるだろうし、これも言える範囲でいいんだけど」

　蒼は少しとまどったように、視線をさまよわせる。烏丸はまだ穴の周りをうろうろと歩き回っていた。

「市内に農業高校があるし、大学まで行く必要はないなって。うち、けっこう大きい農家なんです。じいちゃんばあちゃんも歳だし、早めに継げたらいいなと思ってて」

「そう、なのか」

　子供の数が少なく、緩やかに消えていくかのような山間の集落。そこに生まれ、育ち、そこで教育を受けてきた人々が大事にしているものを、藍原は身につまされる実感として意識することはできない。ただ、蒼は自分の確かな意志で将来のことを語っているように見える。

「姉の柚希はたぶん大学まで行くと思います。親も反対してないし。でも、僕は、あんまりそういう気がなくて」

「きょうだいがいると、いろいろ進路についても話し合うものなのかい？　俺、ひとりっこだからわからなくて。わりと勝手に進路決めちゃってたよ」

「どうなのかな、わからないです。うちはけっこう話し合うほうだったと思うんですけど。平均で言うと、仲いいほうだと思います」

「で、その姉は盆休みにも家に顔を出さず、きみがこんな状況になっていても捜しに来ようとしない。ふむ」

烏丸が唐突に声を発し、藍原と蒼は同時にその顔を見た。烏丸はあさってのほうを向いている。

「おい、そういう皮肉っぽい言い方はやめろよ」

「ちょっと前にそうとう雨が降ったんだなあ。見た目にも土が軟らかいのがわかるよ」

「聞いてんのか？」

「僕は蒼くんに聞きたいことがあるね。きみ、『穴喰らい』についてけっこう詳しいみたいだけど、それはおじいさんやおばあさんに寝物語で聞かされたものなのかな」

「あ、いえ。じいちゃんたちはよく穴喰らいにやられる、穴喰らいにやられるって子供を脅してましたけど、詳しいことは柚希から聞きました。そういうの好きで、確か妖怪とか怪談とかの本、わりと持ってたんで」

藍原は目を見開く。烏丸もめずらしく片眉を上げた。

「そうか、姉さんがね。その妖怪やら怪談やらの本は、今もきみの家に残ってるのかい」

「あります。柚希、寮に入る時に服とかは持って行ったんですけど、卒アルとか、本とかは全部置いていったんで」

「それなら好都合だ。僕も穴喰らいについては人づてに聞いた話しか知らない。詳しく書いているものがあるなら、該当箇所を読んでみたいぞ」

「待て、蒼くんの家に行くのか？　案内させて、もし家族と鉢合わせでもしたら——」

「坊やの家はここから近いんだろう？　僕が行って屋敷に侵入して、こっそり本を持って帰ってくるさ」

「さすがに無理があるだろ。誰かに見られるって」

「あの……僕、ついて行きます」

蒼の発した言葉に、今度は藍原と烏丸が同時に振り返る。蒼はひとつ咳払いをして続けた。

「柚希の部屋、離れにあるんです。受験の時にそこを使い始めて。母屋の裏にあるし、山側にあるし、柚希が出てったあとはみんなまず近寄らないところなんで。さっと行けば、見られずに帰ってこられると思います」

「駄目だね」

「え、でも」

「ダメダメ駄目の、駄目駄目駄目だ。きみが家族に見られて、あれ？　と思われたらもう一発退場なんだぞ。そんなリスクを冒すわけにいかないね」

「でも口で家の場所とか説明できないですし、柚希の部屋がどこかも——」

「駄目と言ったら駄目だ。子供なんだぞ。まだ十四歳の」

ぴしゃり、と言い放ち、烏丸は藍原たちに背を向けてしまう。まだ十四歳の子供なんだぞ。断片的なその言葉が意味することに思案を巡らせて、藍原も眉根を寄せた。蒼はまだ十四歳の子供だ。誰かに殺され、その後の人生を絶たれていい年齢ではない。いや、誰しもがそんな理不尽な終わり方を迎えるべきではないはずだ。

「僕は屍人ではあるけど、幽霊じゃない。人の目に見えるし、怪しいやつとして捕まる恐れもあるさ。でもだいじょーぶ！　ゴーリキくんほど図体がでっかいわけじゃないからね。身をかがめて、それこそ雲か霞（かすみ）のように自在に動こう。そーっと、そーっと」

「あんたもハムスターほど小さいわけじゃねえだろ。万一とっ捕まっても調査に影響が少ないって点じゃ、俺が行ったほうがよくない、か」

シャツの裾を引っ張られる感触がして、藍原は言葉を止めた。蒼が上目遣いに見上げている。

「どうしたんだ、蒼くん」

「やっぱり、僕も行きます。いや、行かせてください」

「でも、烏丸さんの言ったように、もし家族に見られたら……」

「危ないってわかってはいます。でも確かめたくて。家族が僕のこと捜してるかどうか」

「それは――」

捜しているに決まっている、という言葉を飲み込んで、藍原はこめかみを押さえる。

自分が急に行方不明になった時、家族はどうするのか。当然、懸命に捜してくれるはずだ――本当に？　不安になる気持ちが、藍原には痛いほどわかる。顔を上げて、今度は烏丸に向かって語りかけた。

「烏丸さん。やっぱり蒼くんも連れて行こう。こうすれば、ちょっとでも人目を避けられるだろ」

バックパックに入れてあったスポーツタオルを取り出し、蒼の頭に乗せる。気休めとはいえ、顔くらいは少し隠れるはずだ。誰かが〝そのものの死を確信する〟ことがトリガーとなるなら、顔をよく見せないだけでも一定の効果があるに違いない。

烏丸はまた眼球をぐるっと回転させ、やれやれやれやれと言いながら首を小刻みに動かす。そしてゼンマイ仕掛けのからくりのように体の向きを変え、歩き出した。

「たく、僕が百年に一度の気まぐれを起こしたってのにさ。誰かのお使いなんて生きてる時にもやらなかった奇行だぜ。それを申し出たってのに、ね」

「それはまた次の機会にとっとけよ。俺が言うことじゃないけど、気持ちだけ受け取っとくぜ」

烏丸はちらっと振り向いて、またふらふらとした足取りで歩き始めた。蒼がその背に追いつき、進行方向を指し示す。

「ここを道に沿って降りていけば、すぐに着きます。ちょうど柚希が使ってた離れに出るんで」

「……徒歩五分ってほどの距離ですらないな。もう見えてきたんだけど？」

勾配の急な斜面の下に、カーポートらしき屋根が覗いている。烏丸の言うとおり、歩き始めて五分どころか三十秒と経っていない。家の住人に、さっきの会話が聞かれてはいないかと心配になるほどの近さだ。

「手前の小さいのが離れで、奥が母屋です。この道を降りていったら離れの横に出ます」

蒼が言い、烏丸がさりげない足取りでその前に出る。藍原も蒼の横に並び、大人ふたりで蒼の姿を隠すように坂を下っていった。

高低差があるとはいえ、蒼が倒れていた場所と蒼の家は目と鼻の先だ。蒼の家族は真っ先に山のほうを捜しに行こうとは思わなかったのか？

三人とも無言のまま坂を下り、離れの裏手に出る。蒼は烏丸と藍原に目配せをして、パンツのポケットから鍵の束を取り出した。身をかがめたまま建物の正面へ回り、引き戸の鍵を開ける。離れといっても立派な建物だ。二、三人、いや四人くらいは住めそうなほどの大きさではないか。カーポートのような屋根をさしかけているのは、万が一崩れてきた土砂を防ぐためなのだろうか。

「――中へどうぞ。戸、閉めておけば、誰も見に来ないと思うんで」

三和土（たたき）で靴を脱ぎ、蒼は慣れた様子で廊下へ上がる。烏丸は脱いだ真っ黒な革靴をそろえ、片手に掲げた。

「靴、持って行くのか？」

「まあね。でっかい鼠にかじられたらいやじゃない」

万一家族が入ってきた時に、靴があると不審に思われてしまう。藍原も自分のスニーカーを脱いで手に持ち、同じ手に蒼の靴も抱えた。

「あ、すみません」

「大丈夫、俺持っておくから。蒼くんは案内を頼む」

蒼は頷き、玄関から左手に伸びる廊下を歩く。廊下に面した窓の外には草木の生い茂った庭が見えていた。母屋からは完全に死角になっているようだ。

「あら、素敵なおうち。まるで座敷牢じゃないの」

きょろきょろと顔を動かしていた烏丸が、息をするように失言を吐いた。蒼はさして気にしたふうもなく、答える。

「柚希が離れを使いたいって言ったんです。なんというか、親と仲悪かったし、ひとりになれる環境がいるって言って」

「それでお姉さんは自分だけの城を手に入れたってわけかい。きみは不公平だって思わなかったのか？　僕だって繭にこもりたくなる時があるよう！　って」

「わかりません。僕まで母屋から出たら、親もばあちゃんたちも困るかな、って思ったんで」

「それは責任感から来る考えかな？　それとも、愛？」

「……わかりません」

　蒼は答え、突き当たりの部屋の前で足を止める。主がいなくなったあとも家族が掃除をしていたのか、敷居にすら埃ひとつ落ちていなかった。

「ここが柚希の部屋です。どうぞ」

　八畳の和室だ。角に合わせる形で学習机が置かれていて、その横に四段の本棚が備え付けられている。本棚には学習参考書と少年漫画の単行本、それに図鑑や小説が雑多に押し込まれていた。

「オカルト関連――としか言いようのないコーナーがあるな」

　本棚の最下段を覗き、藍原はつい言葉を漏らす。『心霊大研究』『妖怪のふしぎ』『本当にあった、最コワ学校の怪談』など。烏丸はひひひ、ふふふと不気味な笑いを漏らして、なぜかご機嫌そうだ。

「いいね、いいね、アイコンにされ、ひらひらの服と黒いお花で飾られた〝死〟がここにあるよ。それに――どうだい！　わかりやすいお宝だよ。このあたりの本なんじゃないかな、柚希くんが『穴喰らい』についての知識を得たのは」

　棚の隅でサイズも厚さもバラバラの本に押しつぶされそうになっている、二冊の書籍。

『群東地方の郷土・文化・伝承』と題されたカバーのない本と、『山ノ怪談』というタイトルの文庫本だ。『群島地方の郷土・文化・伝承』のほうは製本といいジャンルといい、明らかに毛色が違う。『山ノ怪談』も普通の小説などではなさそうだ。烏丸は『群島地方』のほうを手にとり、サーモンピンクの表紙を見つめた。鉢底山らしき白黒の写真が印刷されている。

「図書館にこういう本だけ置かれたコーナー、あるよな」

藍原の言葉をさらりと無視し、烏丸は本をめくり始めた。細い付箋が貼られたページを開け、低く声を上げる。

「ご親切にブックマークまでしてくれているとはね。見つけたよ」

藍原と蒼もそのページを覗き込む。『鉢底山に出る穴喰らいの伝承』と題された、一ページの短い記事だ。片隅に印刷された写真を見て、藍原は思わず声を上げる。

「おい。烏丸さん、この祠って」

「……とりあえず離れなよ、きみも蒼くんも。文字がまともに読めやしない。音読するからそこで待ってるんだな」

烏丸の言葉を受けて、藍原と蒼は本から顔を離す。少しの間を置いて、烏丸が寒さを感じる声色で記事を読み上げ始めた。

「──『こうづけ』……蛙の頭、と書いてこうづけ、とルビが振ってあるね。『群東地方の蛙頭集落の北を中心に、『穴喰らい』と呼ばれる話が伝わっている。文久三年、その年の春に蛙頭へ嫁に来たばかりのとやという女性が、山で殺されていた。下手人は夫とも賊とも言われているがはっきりしない。とにかく、山で死んだものは山にというしきたりはそれまでもあったので、家族はとやの墓を里には作らず、死体を桶に入れて鉢底の南に埋めた。葬式も上げなかったという。山菜や柴を取りに朝晩とやの家族は山へ入ることになっていたので、埋めた次の日にとやの墓の様子を確かめた。そこには土が掘り返されたあとと、からの棺桶があるだけで、とやの死体は雲のように消えてしまっていたのである。とやの家族は嫁が一族を祟ることを恐れ、三日のうちに里の大工に祠を作らせ、とやの故郷へ続く道が見える鉢底の西にまつった。その後とやの一家に別段悪いことが起きるわけではなかったが、慶応二年の冬に同じく嫁に来たばかりの若い女が山で死に、死体がなくなり、明治に入ったばかりの秋にもまた嫁に来た若い女が同じ道をたどった。そのころより〝山で死んだものを取っていく〟妖怪のようなものを『穴喰らい』と呼び、平成に入った今もその信仰が根強く残っていると思われる──だ、そうだ」

烏丸は本を閉じ、灰そのものを思わせる色の目で藍原と蒼を見る。穴喰らいの伝説にはっきりとした起源があった。元になった事件——と呼んでいいのだろうか——の被害者の名前も残っている。そして、その被害者がまつられている史跡も。

「さっきのページに載ってた祠。あれ、烏丸さんと俺が墓参りに行った場所だよな」

烏丸は音もなくかぶりを振り、上着のポケットに手を入れた。出発前にダイニングボードから取り出していた織物の小さな袋だ。

「僕のところにはたくさんの屍人がやってくる。みんな年齢も、住んでいた場所も、殺された事情もさまざまだ。五年前、僕のところに来た女性はこの袋だけを握りしめていた。結婚する時に、親が持たせてくれたんだと言ってたっけ。彼女がどこの誰で、どんなふうに殺されたかを聞くことはできなかったよ。もうぼろぼろだったからね。腕も足も首もあっちこっちが折れて、その辺で拾ったらしい布で隠しながらようやく僕のところまで歩いてきた、という感じだった」

「それって——死んでから、かなり時間が経ってる屍人だったたってことか」

烏丸は頷き、織物の小さな袋を光にすかすように眺める。掌の大きさほどの袋は泥だらけで、いったいいつごろに作られたものなのかを判別することはできなかった。

「屍人の体にも耐用年数みたいなものがあるんだろうね。彼女は僕の質問にぽつ、ぽつ答えたあと、いつの間にか動かなくなっていたよ。まだ——魂のようなものはその朽ちた体にこびりついていたのかもしれないが、彼女がもう話すことはなかった。僕が得たのは、この掘りたてのにんじんみたいに汚れている袋と、彼女の〝墓〟の情報だけ。群東地方の鉢底という山の西に自分をまつった祠があって、自分は長いことその場所を拠点にしていた。本当はずっと家に帰りたかったんだ、と。助けられなかったよ。彼女を殺した人間の情報なんてかけらも手に入っていない。ただ家に帰りたいと言っていたから、毎年夏に、鉢底山の祠へ行ってみようっていう気になったんだ――」

藍原は何も言えず、二足の靴を強く握りなおす。『群島地方の郷土――』を本棚に戻した烏丸は、そのまま『山ノ怪談』を手に取った。付箋の貼られたページを開け、抑揚のない声で言う。

「ここにも『平成に入ってからも穴喰らいの仕業と噂される行方不明者が出ている』と書いてある。僕のもとに来た彼女が『はじめの穴喰らい』で、ずっと山に潜んでいたのだとしたら――何らかのきっかけがあって山を下り、僕のもとにと来たのだとしたら――逆に言えば、それまでは屍人である彼女が積極的に山に、、、、残る理由があったのだとしたら――」

「あの――すみません」

蒼が小さく手を上げ、烏丸の顔を窺うように見る。探偵はぴたりと口をつぐみ、蒼の次の言葉を待った。

「その女の人が誰なのかとかはわからないんですけど、穴喰らいって最低でも江戸時代くらいからは鉢底山にいたってことですよね。姉の柚希が言ってたんです。わたし、穴喰らいに会ったことがあるよ。直接話を聞いたことがあるよって」

「何だってえ⁉」

「え、どういうことだ⁉」

藍原は烏丸と同時に声を上げ、思わず身をかがめた。烏丸もさすがに目をいっぱいに見開いている。

「それも五年くらい前だったんです。僕が小三くらいで、柚希が小六ぐらいだったんで。こっそり山へ遊びに行って、そこで穴喰らいを見たって。はじめは僕を怖がらせてるのかなって思ってたんですけど、なんかそんな雰囲気じゃなくて、真面目な感じだったし。でも、穴喰らいがどんな見た目だったかとかは教えてくれませんでした。何の話をしたのかも教えないって言って——ってだけの、話なんですけど」

「いや、大事なことだよ、蒼くん」

蒼の姉、柚希は穴喰らいと直接話をしたことがある。穴喰らいはやはり屍人のように、意思疎通ができる〝何か〟であるのだ。

「烏丸さん」

呼びかけるが、返事はない。烏丸は聞き取れないほどの早口でぼそぼそ独り言を言っていたかと思うと、急に声のトーンを上げた。

「柚希くんは穴喰らいと何を話したんだ？　きっと、大事なことを教えてもらった。蒼くんにもその秘密を言えないほどの、衝撃的なことを教えてもらったんだ――」

不意に、ガラガラと高い音が響く。

三人は同時に顔を見合わせ、同時に周囲を素早く見回した。玄関の引き戸が開いた音だ。かすかに声が聞こえてくる。誰かが家の中に入ってきている！

「蒼くん！」

ほとんど口の動きだけでそう伝えた藍原の腕を、蒼が強く引っ張る。蒼はそのまま押し入れの戸を引き開け、まず烏丸を、そして藍原を中に押し込めようとした。今度は先に身をかがめていた烏丸が、蒼の手を緩く引き寄せる。

「きみが奥に行け。何があっても顔を出すんじゃないよ」

藍原もなんとか体をねじ込み、内側から押し入れの戸を閉める。窮屈だ。隙間から光が漏れているせいもあって、身を隠しているという感じがしない。部屋から押し入れの中は見えないはずだが、もし戸を開けられでもしたら。

足音が近づいてくる。声も近くなってくる。怒っているような、おそらく高齢の女性の声と、まだ子供っぽい女性の声。蒼の祖母と、姉の柚希だ。藍原は直感的にそう思った。

「――だから、ちゃんと母さんともう一回話をしなさい、柚希ちゃん！　ばあちゃんはあんたたちが隠し事をしたことには怒ってないの、嘘をついたことに怒ってるの！」

「だからさ、ばあちゃん、本当のことを言ったら意味がなかったんだって。私がさ、『蒼、こっちに遊びに来てるよって言ったけど、嘘なんだ。本当は家出するつもりで、私にだけ行き先を言って出て行ったんだよ』なんて言うと、みんな蒼をすぐに捜すじゃん。それだと蒼も遠くへ家出できない。だから嘘をついたんだよ、半日くらいみんなが騙されてくれれば、蒼も逃げられると思ったから」

はっきりと聞こえてきた会話に、藍原の鼓動が早くなる。嘘、だって？

「それをみんな怒ってるんじゃないの！　柚希ちゃん、あんた、蒼はまだ十四なんですよ！　そんな子供が『家出します、ちゃんと元気でやりますしそのうち帰ってきます、捜さないでください』なんて言って、許されると思うの！」

「許すか、許さないかなんだね」

軽い物音がして、藍原は身をさらに縮める。烏丸が蒼を全身で隠す気配がした。

「ばあちゃんやじいちゃんが許すか許さないかで私たちの人生決まるじゃん。じいちゃんさ、私が高専行くって決めた時になんて言ったか知ってる？　女の子が理系だの何だの言ってると、結婚できないぞって。すぐお母さんたちに怒られてたけどさ。でも、そういうところなんだよ。私がそういうこと言われてるの見て、蒼が自由に進路決められると思う？」

「ばあちゃんたちが悪いの？」

「悪いと思うよ。だから、蒼は何も言えない子に育ったんじゃん」

「ばあちゃんやじいちゃんが悪いから、蒼は家を出て行ったの？」

「まあ、ばあちゃんたち個人が悪いんじゃないと思うよ。ご先祖の墓があるから、家に仏壇があるから、畑があるから、街には出て行けない。そう言われて育った世代がそういう考えになるのも仕方ないと思うし。でも、子供は子供なりにちゃんと考えてるんだよ。ばあちゃんたちが思ってる以上に、家族のことも好きだし。だから嫌って言えない。墓も仏壇もあるから家を潰すわけにいかないって言われたらさ、残るしかないのかなって思うわけだよ」

「柚希ちゃんは昔からじいちゃんばあちゃんのことが嫌いだったね。それはわかっとるよ」

畳がきしむ音が聞こえる。祖母とおぼしき人物の声には、涙が混じっているようだった。

「けどね、十四歳の孫が帰ってこないってなったら、どれだけ胸が潰れるか。自分の命を差し出してもいい、代わってやりたいって思うもんなのよ。それをわかれとは言わない。大事な孫に嘘をつかれたのも、頼ってもらえなかったのも、どれだけつらいか」

「……だから、蒼はちゃんと生きてるんだって。遠くにも行ってない。そのうち帰ってくるよ」

「じゃあ、家に電話をしてって言って。とにかく声だけでも聞かせて、父さんと母さんを安心させてって言って」

「うん。連絡してみる。でも、返事がすぐに来るかどうかはわからないよ」

ほんのわずかな間を置いて、また床のきしむ音が聞こえる。会話がやみ、静かになってから、五分ほどの時間が空いた。

「――さて。私も母屋に戻ろうかな。漫画取りに来ただけなのに、ばあちゃんがついてくるもんだから」

独り言にしては大きい、説明的な口調だった。どん、どんと響くような足音が響き、それが遠ざかっていく。引き戸を開閉する音。罠か？　藍原は薄闇の中で烏丸と顔を見合わせ、そっと押し入れの戸を開ける。部屋の中には誰もおらず、さっきとまったく変わりはないように見えた。

まず藍原が這い出し、続いて烏丸が出てくる。ぼきぼき、と枯れ枝のような音を鳴らしながら肩を回して、烏丸は立ち上がった。出てこようとした蒼を手の動きで静止している。

「……俺、念のためにひととおり家の中を見てくる」

烏丸と頷き合ってから、藍原はそっと廊下に出た。身をかがめて廊下沿いの部屋を全部確かめ、玄関を覗く。誰もいない。靴もない。念のためトイレらしきドアと収納らしい引き戸も開けてから、烏丸たちが待つ部屋に帰った。

「誰もいない。蒼くん、出てきて大丈夫そうだぞ」

押し入れから出てきた蒼が、ふらつきながら立ち上がった。烏丸が静かに声をかける。

「蒼くん。さっきの会話は、きみの姉の柚希さんときみのおばあさんのもので間違いはないか？」

「はい。でも、柚希が言っていた嘘だとか、家出だとか、そういうのは――何のことか、よくわかりませんでした」

蒼は口をつぐむ。藍原も烏丸もしばらくは無言でその顔を見つめていたが、考えていることはおそらく同じだ。

柚希は蒼が家に帰れない状態であることを知っていた。知っていたからこそ、家族が蒼の不在に気づく前に、「蒼は自分のところにいるから、心配はいらない」とでも言ったのだろう。そして朝になって、蒼が実際には自分のところに来ていないことを明かし、本当は家出をしたのだと言った——どこに行ったかはわからないとも。家族は慌て、村の警察にも届けを出す。自分の意志で家出をしたと言われたとしても、十四歳の子供が行方知れずになっているのだ。「家族がほうぼう捜し回っている」という気持ちも痛いほどにわかる。

そして実際のところ、蒼は家出などしていない。飼い犬の墓参りで山へ入り、そこで何者かに殺されたのだ。そんな経緯を知らないはずの柚希が、蒼の行方について嘘を言っている。

導かれる結論はひとつしかない。柚希こそが、蒼の殺害にかかわった〝犯人〟であるのだ。

柚希は家族の誰にも言わずに、家へ、あるいは家のそばまで帰ってきていた。そしてケンの墓参りに来ていた蒼を殺害し、また寮に戻っていったのだ。さっき離れに入ってきたところを見ると、蒼の件を受けて実家に帰ってくるよう両親に言われたのかもしれない。もちろん、両親は柚希がその前に群島地方へ帰ってきていたことを知らない。

　蒼はうつむき、まばたきをすることのない目で虚空を見つめている。烏丸がめずらしく藍原に目配せをした。蠟よりも白い横顔に、毛先のすり切れた髪が落ちかかっていた。

「蒼くん。落ち着いて聞いてほしい。柚希くんがきみの所在について嘘をついているからには、柚希くんはきみの死、および状況について、何らかの事情を知っているということになる。ここまではわかるね？」

　蒼は頷き、烏丸の顔を見上げた。少し柔らかくなった口調で、烏丸が言う。

「いいね。やはり、きみは頭のいい子だ。だからこそ冷静に判断してほしい。理性ではなく、感情で。冷静に、かつ感情的に判断するんだよ――難しい話だけど、わかるかな？　きみはきみを殺した相手を憎まなければいけない。憎んで、追い詰めて、自分の気持ちを言わなければ、きみは生き返ることができないんだよ。その上で念のために聞こう。きみは生き返って、家に帰りたいのか？」

「はい」

　すぐに声が返ってきた。迷いのない、まっすぐな口調だった。

「父さんや母さんや、じいちゃんばあちゃんにも会いたいです――ほんとうは、柚希にも」

「よろしい」

烏丸は人差し指を立て、くるりと体の向きを変える。そして猫のような足取りで、音も立てずに歩き始めた。

「そういうことなら、もう一度鉢底山に戻るんだ。そこで僕が考えている、ある仮説をきみに伝えよう。その話を聞いて、きみ自身が判断を下すんだ。柚希くんがきみにやったこと、やろうとしたことが、本当にきみにとって許しがたいことなのかを」

蒼が頷く。血が沸き上がるような暑さもしばらく忘れて、藍原はまだ小さなその背を見守っていた。


盆を過ぎ、日は確かに短くなったと感じている。しかしここ群東地方の――鉢底山の夕刻はなんと足が速いのだろうと、藍原は額の汗を拭った。昼の暑さがまだ強く残る時刻なのに、空は紺色の帯をまとい始めている。五時十六分。あと三十分もすれば、周囲はもっと暗くなってしまうに違いない。

烏丸を先頭に、頭にタオルをかぶった蒼、そして藍原の並びで、三人は山道を急いでいた。先ほどの道とはまた少し違うルートを通り、蒼と鉢合わせをした場所を目指す。途中で見た祠の数は三つ。江戸時代から昭和にかけて『穴喰らい』の犠牲となった――

犠牲になったとされている被害者をまつった祠なのだと、蒼が教えてくれた。

烏丸はいつになくまっすぐな、迷いのない足取りで、藍原たちを導いていく。やがて見覚えのある場所に出て、藍原が先に声を上げた。

「あれだ——俺たちが鉢底山に入って、最初に見た祠だ」

木々の葉に埋もれそうになっている、小さな祠。足を止めた烏丸は、そのまま祠の周りをぐるっと一周する。藍原もそれに倣った。やはり、あの郷土史に掲載されていた祠に間違いない。

「この祠のことは、僕もさっきまで知らなかったです」

蒼が言う。車の音が聞こえるほど道路に近い場所だが、草木に阻まれているせいか路面の一部すら望むことはできない。

「道からも見えないし、山の西側にはとくに入るなって言われてたんで。でも、じいちゃんが『穴喰らいにやられた人をまつった祠がある』とは言っていました。手入れする人間もいなくなってきてるから、どうするんだろうなって、ちょっと他人事で」

「百五十年以上も前に建てられたんだ。むしろ、よくここまで保ったなってことだよ」

烏丸は祠に手を合わせ、ゆっくりと立ち上がる。その手には織物の袋が握られていた。

苦さを感じているかのように顔をゆがめ、かぶりを振り、烏丸は墓場の風を思わせる声で語り始めた。

「さっきも言ったように、僕のところに来たこの女性は、多くを語らなかった。その人がどこの誰かもわからないし、僕が知ることができたのは群東と鉢底山っていう地理的な名前だけ。でも、もうひとつある。その人は、ずっとうわごとみたいにこう言ってたんだよ。『人を、たくさん殺してしまった』『地獄にも極楽にも行けないのは、きっとその罰だろう』って」

藍原は浅く息を吸う。「人を、たくさん殺してしまった」という告白。この祠こそが自分をまつったものであると語ったその女性は、きっと穴喰らいのはじめの犠牲者であるとやなのだろう。

そう、とやははじめの犠牲者であった。逆に言うと、とやの事件以前は――穴喰らいによる被害者は出ていなかった、ということになる。

藍原は顎を軽く掻き、今度は深く呼吸をした。頭を整理しながら話し始める。

「その女性、おそらくとやさんが、なんで死んだのかはわからない。ただ、郷土史にあったように、殺されたってのは確かなんだろう。人に殺されて、無念で、生きてる状態と死んでる状態の宙ぶらりんでよみがえったのが屍人だ。とやさんはきっと、埋葬されたあとに屍人として目覚めたんだ。そして村に帰らなかった。村人は死体が消えたと思って、人間じゃないものになってしまったとやさんの祟りみたいなものを恐れて、祠を建てたってことか」

「ああ。そのあと、とやの一族に呪いが降りかかることはなかったと書いてある。屍人としてよみがえったとやは、家族を殺して回るようなことはしなかったんだ。家族といっても、血縁関係のない嫁ぎ先の家族だけれどね。なら、屍人のとやは——僕のところに来たあの女性は、いったい誰を『たくさん殺して』しまったんだ？　とやの事件以後も、この鉢底山では『穴喰らい』によるものと思われる犠牲者が出て、死体の消失が起きている。屍人になるには誰かに殺されるしかない。村に戻らず、山の中に潜んで、屍人として活動し続けていたとや本人が——その人たちを殺していた、と考えることもできるだろうね」

屍人が生きた人間を殺す。不可能ではないことなのに、そんなことはこれまで考えもしなかった。歩く死体である屍人は、殺された被害者であると同時に、また別の誰かを殺して加害者になることだってできるのだ。

「でも、なんのためだ？　自分を殺した犯人を捜してるわけじゃないよな？」

言ってから、藍原は自らの発言の穴に気づいて身震いする。昭和や平成に入っても『穴喰らい』による失踪事件は起きているのだ。とやを殺した犯人が、そこまで生きているかどうかは疑わしい。それは屍人になったとやもわかっているだろう。

　烏丸は小馬鹿にした表情ひとつ見せず、かぶりを振るだけだった。蒼に視線を向けて言う。

「ああ。犯人捜しが目的だとは思えない。今となってはとやを殺した犯人が誰か確かめようもないし、そいつも普通ならばとっくに死んでいるだろう。とやの目的はまた別のところにあったんだよ。よく考えてみてくれ。『穴喰らい』の犠牲者になったものは、みんな村に来たばかりの女性、いわゆる〝嫁〟であったということじゃないか。昔の群東地方、鉢底山を中心としたこのあたりの生活がどんなものであったか、僕らは想像で語るしかない。けれど、楽なものではなかったと思うよ。日が長いはずの春と夏にだって農作業は急いで進めなければいけないし、もちろん簡単に実家に帰るわけにもいかない。昔は嫁に来たらもう実家にいる家族には会えなかったかもしれないさ。それを僕らの価値観でどうこう言うことはできないが、肉体的、精神的に過酷である、と感じる人が当時からいたのも事実だろう。妙な話だが、死んで――解放されるところもあった。過酷な生活を送っていたとやが殺され、屍人として復活し、山に潜む。山には時おり、自分と同じような境遇の女性が入ってくる。その顔がとやにはどう見えたのか、僕にはわからない。けれど彼女はきっとこう考えた。殺してやれば楽になる。殺してやれば、知るもののないこの土地で、足腰を痛めながら働き続けることなどないのに、と」

「そんな」

声を上げたのは蒼だった。烏丸の視線を受け、蒼は頭にかけたタオルの両端を握りしめる。

「あの、僕にも当時の生活とかはよくわからないですけど……群東はそんなに閉鎖的な場所じゃないんです。けっこうほかの村とかとも行き来があったっていうか、ひいばあちゃんが若いころに正月実家へ帰ったって話も聞いてたり――なんか、柚希に言わせたらそれは駄目だろって感じではあるんですけど。産業も多いし、昔から食うに困る場所じゃなかったってじいちゃんは言ってました。僕の思い込み――かもしれませんけど」

「いや、思い込みじゃない。住めば都を悪い意味に捉える人もいるけどさ、人には人の楽園、人には人の地獄ってものがあるんだよ。死後の裁きを前借りする、生き地獄！　群東に暮らす一部の人にとっては、ここが極楽だった。けれど一部の人には、ここが地獄だった。誰に何を言われようとも人の思い込みは変わらないし、それは信念と呼ぶべきだと、僕は思ってる。そして人は時に、まったくの親切心からその考えを誰かに押しつけようとするものなのさ。この場所での生活が地獄だと思い、同じような立場の人を殺していったとやみたいにね」

「それ、は……」

「――蒼！　蒼！」

蒼が漏らした言葉を遮るように、彼の名を呼ぶ声が聞こえる。藍原と烏丸は同時に身構えた。烏丸がとっさに蒼の体と腕を引き寄せ、抱えるようにして斜面を下っていく。

藍原はその場にとどまった。道を上がった先に人影が見えている。足音が、こっちに近寄ってくる。

「蒼！　蒼くん！　聞こえていたら返事しなさい！」

六十代から七十代くらいの男性だ。肩にタオルをかけ、トレッキングシューズを履いた足で地面を踏みしめながら、次第に藍原のほうへと近寄ってくる。蒼の祖父だ、と直感的に悟った。家族が柚希の話から蒼の不在、いや、行方のわからない〝家出〟に気づいたのは、おそらく今日の午前だ。警察に届け出た家族は、知り合いの家や近くの駅、近所を捜し回っているのだろう。当然、家の裏の山にいる可能性も考える。

「蒼！　あお――」

ひたすら名を呼び続けていた男性が、藍原に気づいて頭を下げた。藍原も「どうも」と挨拶を返す。不審に思われてはいけない。烏丸と蒼はすぐそばの斜面の下に隠れている。

「こんにちは。散歩、ですか」

地元の人間でないことは、すぐにわかったのだろう。男性の声にはほんのわずかに警戒がにじんでいる。

「あ、いえ、親戚の墓が群東にあるものですから。久しぶりに墓参りに戻ってきて、鉢底山にも登ってみようと思って」

「そうですか。低い山ですけど、迷う人がけっこういますから。お気をつけて」

男性はさりげなく藍原の全身を眺め、それからまた頭を下げる。落ちくぼんだ目と痩せた肩。憔悴（しょうすい）しきっているように見えるのは、きっと気のせいではないだろう。

「あの。誰か、お捜しなんですか」

そのまま見送ればよかったのかもしれない。しかし、声をかけずにはいられなかった。

男性は足を止め、肩にかかったタオルで顔を拭う。かすれ気味の声で答えた。

「孫がね。中学二年生の孫が、昨日の夜から帰っておらんのです。本人は心配するなと言っとりますが、年寄りからしたら、たまったものじゃなくて」

「お孫さんが――それは、心配ですね」

「ええ。はじめはその子の姉のところにいるものだと思っておりましたんですけどね。どうやら姉弟で口裏を合わせていたようで、姉も弟が今どこにいるやら知らんと言っています。情けない……ですよ。おじいやおばあに言わずとも、せめて、親にだけは相談して家を出ればいいものを」

蒼が家出をしたわけではないことを、蒼本人と藍原、烏丸、そして柚希だけが知っている。しかしこの場でその事実を教えるわけにはいかない。蒼の祖父は、長く息をつきながら瞬きをした。やがて何かを切り替えたように顔を上げ、再び話し始める。

「あの子がそんなことをするわけがない、というのは、身内のひいき目というやつでしょうね。いや、すみません。お引き留めをしました。このところ雨が続いて地面も緩くなっていますから、お気をつけて」

「……ありがとうございます。僕も、それらしい子を見つけたら警察に知らせるようにします」

蒼の祖父は深々と頭を下げ、湾曲する道を下っていった。その姿が十分に見えなくなってから、藍原は斜面の下に合図を送る。烏丸にまた抱えられるようにして、蒼が這い上がってくる。祠の前に立った蒼は、祖父が去って行った道の先をしばらく見送っていた。

「じいちゃん、心配してる」

自分の身より祖父を気遣うような、不安の混ざった声色だ。蒼は眉根を寄せ、唇を噛んだままで首の後ろを掻いている。泣きたいのかもしれない。屍人の身である今の蒼に、涙を流すことはできない。

「そりゃあ心配するだろうさ。まだ羽毛の生え替わらない小鳥が、ひとりでどこかに行っちゃったんだ。喪失、不安、悲しみ、ため息。最悪の別れなど、彼らにとっては想像するだにおぞましいことだろう。けれど、今のきみが家に帰れば、きみと家族はその最悪の別れを迎えることになる。それだけは嫌だろう」

「――はい。嫌、です」

蒼の家族が蒼の〝死〟に気づいた瞬間に、蒼の肉体は本当の死を迎えてしまうだろう。蒼がどれほど帰りたいと望んでも、蒼の家族がどれほど彼を捜していても、蒼は家に戻ることができない。それが屍人だ。生者の世界からはじかれ、黄泉(よみ)の国にも迎えられない、この世界の迷子のような存在――。

「だったら、残る選択肢がふたつある。ひとつは、きみを殺したであろう柚希くんをとっ捕まえて、きみが許さない、と言ってやること。もうひとつは、穴喰らいとなったとやさんがやったように、この山の中で妖怪として暮らすことだ。親しいものに見つからない限り、きみはしばらく死ぬことがない。屍人として、その肉体の限界まで――活動することはできる」

蒼はびくりと身をすくめ、光のない目を見開いた。藍原もつい身を乗り出す。

「おい、何言ってるんだ」

「選択肢の話をしているだけだよ。考えようによっては、屍人は生きた人間よりも不死身に近い存在だ。腹は減らないし、よっぽどひどい怪我をしなければ動けなくなることもない。だったら、屍人のまま活動するという道を選んでもいいはずだからね。きみの肉体はまだまだ若い。耐用年数もアンティークの僕よりずっと長いはずだ。そういう道もあるってことを、きみは一瞬でも考えなかったか？　屍人の話を聞いて、自分がその存在になっていると知った時に？」

「烏丸さん！」

二の腕を摑んだ藍原の手を、烏丸は振り払おうとしなかった。その枯れ枝のような感触、古い布が裂けるような感覚に、藍原は思わず手を引っ込める。屍人として百年を〝生き〟、同胞となった人間を助けようとしてきた烏丸。その体はどこまで、どれほどまで保たせることができるのだろう？

「でも……僕は――」

「生きることが、というより、生きてもとの生活に戻ることばかりが正解だとは限らないさ。だからこそ考えるんだよ。家族のこと、これからのこと、元どおりになったとして、きみの将来に待ち受けている道。考えるんだ。考えた上で、きみが一番納得のいく答えを選ぶんだよ」

「――あんたが、そうだったようにか。あんたが屍人として生きる道を選んだように、蒼くんにもそれを選べっていうのか」

藍原は言葉を漏らす。烏丸は灰の色の目を藍原に向け、そっと微笑んだ。

「いいや。僕は失敗したからさ」

烏丸は手袋をはめたままの手で藍原の両手を包み、わずかに顔を近づけてきた。香のようなにおいと、わずかな土の香り。死者そのもののにおいだと、藍原は身震いする。うすうす気づいてはいたことだが、烏丸が屍人になったのはもう百年も前だ。当然、烏丸を殺した人間もこの世にはいないだろう。烏丸が糾弾すべき犯人はもういない。つまり、烏丸が屍人から生者に戻る道は――もう残されていない――。

「僕は、僕を殺した人を憎むことができなかった。僕が一番、唯一愛した女性だったからさ。犯人を許してしまって、復活できなかった仲間たちもたくさん見てきてるんだよ。僕としては無念だが、その人たちの信念を変えることはできない。蒼くん、きみはどうなんだ。きみを殺した犯人が姉の柚希くんだとして、きみは彼女を憎むことができるのか？」

「僕は――」

蒼は烏丸と藍原を見据え、しばらく拳を握りしめていた。摑みどころがなく、年齢相応に流されがちで、前に出て主張をすることが苦手な少年。そんな藍原の思い込みを打ち砕くように、蒼は力強く目を見開いている。やがて蒼ははっきりと、聞き間違いようのない言葉で言った。

「許せません。柚希のこと、ぜったいに許せません。僕は家族の中で、柚希のことが一番嫌いでしたから」

木の葉を踏む気配がする。そう遠くない場所から聞こえてきた音に、藍原はすぐに首を巡らせた。烏丸は蒼をかばおうとしない。蒼といっしょになって、斜面の上に現れた人影――逆光の中で浮かび上がる、ひとりの人間の姿を見つめていた。

高校生くらいの少女だ。長い髪を無造作に束ね、長袖のジャケットを着て、蒼と藍原たちを見つめている。

その目には、はっきりと怯えがにじんでいた。

「柚希！」

蒼が叫ぶと同時に、少女は、いや、柚希は、斜面を登るようにして走り始めた。烏丸があとを追い、藍原も足を踏み出す。走り出そうとした蒼が躓（つまず）き、地面に倒れ込んだ。

歩き回って限界が来ているのだろう。呆然としている蒼を背負い、藍原は烏丸の後を追う。烏丸は器用に木の根や草をよけながら、山道を駆け抜けていく。走る柚希の背中は見えているが、声をかけようとはしない。

「――まだだ。まだ、追いつくんじゃない」

走りながら、烏丸が低く言う。柚希は藍原たちが通ったことのない道を駆け抜けていた。蒼や柚希の家とは逆の方角だ。

「柚希くんがどこに行こうとしているのか、彼女自身に案内させるんだ」

道が下り坂になり、次第に木々がまばらになってくる。車の走行音が聞こえてくる。瞳を焼くような夕日が木の幹の間から漏れてきて、藍原は思わず目を細めた。烏丸が次第に柚希との距離を詰める。コンクリートで固められた法面が見え、それに沿った斜面を下り、そして――。

二車線の道路に出たところで、柚希は自ら足を止めた。烏丸が五メートルほどの距離を空けて急停止する。藍原もつんのめりそうになりながら立ち止まり、背負っていた蒼を下ろした。

「ここは……」

藍原は周囲をざっと見渡す。立ち止まった柚希のそばには、錆(さび)の浮いたバス停の標識だけがぽつんと佇んでいた。

「鉢底山前のバス停。蒼、あんたならわかるでしょ」

蒼は頭にかけていたタオルを取り、一歩前に歩み出た。柚希と正面から対峙する。

「使ったことはないけど、わかるよ。柚希が高専の寮に入るって日に、ここから市内に出たんじゃん」

柚希は弟の顔を見つめたまま、何度も浅く頷いた。車通りは途絶え、あたりには葉擦れの音と蟬の声だけが満ちている。

「親に送ってもらうのが嫌だって言ってさ。父さんと母さん、そういう時くらい家族を頼ればいいのにってあとで言ってたよ」

「借りを作るのが嫌な人間だっているんだよ。たとえそれが親でも、いや、親だからこそさ。私は『勝手なこと』を言って、高専に通うって決めた。親もじいちゃんたちも文句は言ったけど、結局行かせてはくれた。でも、みんなにとって私は敵じゃん。家族や地元に思い入れもないし、できるだけ距離を取ろうとしてる。蒼はその点、味方だと思われてるよ。地元を愛してるんでしょ？　じいちゃんやばあちゃんの家が好きで、親の仕事を手伝いたいと思ってるんでしょ？」

「それは――」

「やあ、すまない！　ちょっと赤の他人が割り込んでいいかな」

手を上げて歩み寄ってきた烏丸に、柚希はわずかな微笑みを見せる。気丈に振る舞おうとしているが、わずかに動揺しているようにも見えた。

「ごめんなさい、どなたですか？　ずっと蒼といっしょにいるみたいですけど」

「何、その辺の野良ゾンビだと思ってくれればいい。後ろにいるのは僕の助手、生きのいい大男だよ。自己紹介終了。僕個人としてはきみの主義主張にいっさいの興味はなく、目的はただ蒼くんを家に帰すことだけだ。きみはそのために必要なことだけを話してくれればいい。昨日の昼間、およそ二十七時間前に、きみと蒼くんの間で何があったんだ？」

柚希は上着のポケットに入れていた手を開閉するように動かし、上目遣いに烏丸たちを見る。年齢の割に低く、落ち着いた声で話し始めた。

「その前に弁解させてください。私、蒼のことを殺してなんかいない。首を絞めて、ケンのお墓のそばに蒼を埋めたのは私だけど――私がそうしなかったら、蒼はあのまま死んでた。どうしよう、どうしようって思って、とっさに上着のフードの紐を抜いて、気がついたら蒼の首を絞めてたんです。助けたいって思って」

「助けるために、首を――？」

藍原は言葉を漏らし、すぐに息をのんだ。烏丸がまた一歩、柚希のほうへと歩み寄る。

「事故などで死を迎えた人間は、屍人になることはできない。殺されることによってその人間は初めて屍人として復活するんだ。後ろにいる大男くんがそうだったように、助けられるはずの状況でとどめを刺された、という場合なども含んでね。とにかく、屍人のことを知っていて、屍人からそのルールを聞かされていたきみは、ある種の救急救命処置としてその存在を利用することを思いついた。何らかの理由で大怪我を負い、今にも息が絶えそうになっている蒼くんを見て、きみが先にとどめを刺したんだ。無念の内に死んだ蒼くんは屍人として復活し、犯人であるきみを糾弾することで生き返ることができる。ルールを完璧に把握したものじゃないとできない技だよ。きみにはそうとう、親しくしている屍人がいたと見える」

命を奪うためではなく、救命処置としてその人を殺す――常識では考えられないやり方だ。だが柚希が、その常識外れの存在と、そのルールを熟知していたとしたら。

「もちろん僕には、きみがその場に居合わせた理由も、蒼くんが致命傷を負った理由も推測することはできない。そのあたり、僕ら部外者にもわかるように説明してはくれないか？」

柚希は頷いた。はぐらかしたり、嘘をついたり、逃げ出したりはしないという意志が、その目には宿っていた。

「……誰にも言わないで、実家に帰ってきてたんです。ちょうど二十七時間くらい前かな。もう日が沈みかけてたし、早くしなきゃと思ってたんで。ケンのお墓に手を合わせるつもりで、山に登ったんです。そこで倒れてる蒼を見つけた。大きな石がそばにあったし、斜面に崩れたみたいなあとがあったから、落石にやられたんだってすぐわかりました。雨のあとは特に気をつけろって――じいちゃんもずっと言ってたんで。私のいる離れが土砂で潰されないように、わざわざ補強工事もしてくれたりしてましたから。とにかく、私が見つけた時、蒼はもうほとんど息をしてませんでした。今にも心臓が止まりそうで、救急車を呼んでも間に合わないと思ったんです。このままじゃ死んじゃう。それで、気づいたら――私は蒼の首を絞めていました。山で殺された人間が、屍人として復活することを知ってたから。そしてその場所に蒼を埋めたんです。屍人として起き上がるには、半日から一日くらいの時間が必要だってことも教えてもらってました。その間、家族に蒼を見つけさせるわけにはいかない。それで蒼のスマートフォンを持って、高専の寮に帰ったんです。蒼はいつも位置情報を母さんや父さんと共有してましたから。ちょっと家を出たくなって、姉ちゃんのところに来ている。心配しないでって蒼のスマートフォンから送って。親はちゃんと信じてくれました。私に『蒼をお願いね』ってメッセージを送って、次の日の夕方には迎えに来るって言って——」

「それできみは昼前にこっちに帰ってきて、蒼くんが本当は自分のもとにいないことを白状した。今度はきみが蒼くんを見つけなければいけなかったからだ。蒼くんが自身を殺した犯人であるきみを見つけて、糾弾しなければならなかったからだ」

蒼はタオルを握りしめ、柚希の話にただ耳を傾けている。硬直するその肩に、藍原はそっと手を置いた。

「はい。もちろん大騒ぎになって、じいちゃんが山へ捜しに行くって言って。私、蒼は離れに隠れてるものだと思い込んでたので——だって、ばあちゃんと部屋に入った時、押し入れに誰かが隠れてる感じがしたので——じいちゃんたちが出て行ったあと、また離れに行ってみたんです。でも、蒼はいなかった。まだ山にいるのかもしれないって捜しに出て、あの祠の前でみなさんを……見つけたんです」

「そこできみが聞いた言葉は、きみにとって信じがたいものだった。自分と同じように、家族をうっすら嫌っているだろうと思っていた蒼くんが、きみのことを『一番嫌い』と言ったんだからね。それで、きみは逃げた——走りながら、やはり逃げてはいけないと気づいたんだ。蒼が自分のことを憎んでいるなら、好都合だ。蒼は自分を糾弾し、復活して、もとの生活に戻ることができると思った。だからここで止まって蒼くんを待った。

そうだろう？」

「……そう、だけど、半分違います。蒼が私を嫌っていて、許せなくて、罵って、それで生き返るのはいいんです。でも、せっかくだから。生き返った直後にバスに乗って遠くまで行けば、家族に気づかれないで済む。蒼にとってはチャンスだろうと思ったんです。家に帰らなくていい。いつか連絡を取るにしても、家族に追いつかれるまでは自由に、どこへでも行くことができるじゃないですか。ここから出られるんですよ。墓とか、家とか、畑とか、そういうこと何も気にしないで。だから貯めていたお金も持ってきたんです。これ。蒼が逃げる資金になればって思ったから。ちょっとでも遠くへ、自由にできるところへ行ければいいと思ったから」

「姉ちゃん」

蒼が身を乗り出す。藍原の手を離れて、封筒を差し出す姉のほうへと大股に歩み寄っていく。

「姉ちゃん。話を、話を聞いて」

「だって、こうでもしないと蒼は家を出られない。ひとりで村を出ることすら自由にできない。そんなの死んで生き返るしかないじゃないですか。今の蒼は自由なんですよ。気づかれないうちに、見つからないうちに逃げたらいいじゃないですか。そのためにお金を持ってきたんです。三日、四日、一週間でも、蒼がここを出て──」

「姉ちゃん」

「だって、あんたが家族のことばっかり気にするから！　あんたが父さんや母さん、じいちゃんばあちゃんに何も言えないで、ただ言われたことを守ろうとするから！　それじゃあ一生家から出られない！　自分のやりたいこと全部押さえつけて、ずっとここにいなきゃいけない！　みんな勝手にあんたの将来のこと決めて、それで──」

「僕のことを勝手に決めてるのは、姉ちゃんだけだろ！」

蒼の叫びに、木々が一斉に揺れた。

柚希は差し出した手を硬直させ、弟の顔を凝視していた。肩で息をしながら、封筒を握る指に力を込めている。肩にかかったタオルが地面に落ちるが、蒼は拾おうとしない。唇を噛み、眉根をくしゃくしゃに寄せて、よく似た目で姉の柚希をただ睨んでいた。

藍原は蒼が落としたタオルを拾い、烏丸を見た。探偵は黒い唇をかすかにゆがめ、対峙する姉弟のすぐそばに立つ。

「僕は大人げないからね。子供のケンカにも、じゃんじゃん介入するとも」

柚希と蒼は、同時に烏丸の顔を見た。口を開きかける蒼を手で制して、烏丸は話し始める。

「柚希くん。きみは山の中で『穴喰らい』と会って、話をしたことがあったというね。それは人間の女性の姿をしてはいなかったかい？　ぼろぼろで、あっちこっちがすり切れた恐ろしい見た目をしていたのかもしれないが、きみはその人と話をした。屍人のことについてきみにいろいろと教えてくれたのは、その女性だ――とやという女性。違うかい？」

柚希は視線を斜めにそらし、しばらく思案するような様子を見せた。やがて小さく語り始める。

「……その人、私が五年前に会った時にはもう名前も何もわからない状態だったんです。なのに、『私は人をたくさん殺してしまった』なんて繰り返してるから、ちょっとずつ話を聞いて。自分が誰かに殺されて、動く死体として復活したこと。そのルールを知って、ここから逃げたがっている誰かを――村に嫁に来て、里へ帰りたがっている女性を殺してきたと、その人は話してくれました。みんな死体として復活して、自分を恨んだ。そして生者に戻って、里へ帰っていったって。でも、殺された人たちが本当に里へ帰れたかどうかはわからないとも言っていました。嫁に出たものを、もとの里がすんなり迎え入れるとも思えないって。その人たちがどうなったかはわからない。自分は間違ってたんじゃないかって。時代が変わったことも知ってたみたいです。車が走るようになって、人の行き来も自由になったってわかって。それで、三十年前に最後の〝仕事〟をして以来、目的を失ってひとりで山をさまよってたって。もう限界だって言うその人に、私、言っちゃったんです。じゃあ山を下りて、自分が行きたいところに行っちゃいましょうよって。その人は頷きもせず、わかったのかわかってないのかっていう感じの顔をしてました。翌日同じ場所を見に行ったら、その人はもういなかった。もう帰る家もないのに、私、無責任なことを言っちゃったかなって、後悔したんです。その人がおそらくはじめの穴喰らいの犠牲者で、穴喰らい本人で、とやっていう名前だって気づいたのは、郷土史を読んでからでした」

「――とやさんは自分が死んでから百五十年以上もの間、鉢底山に屍人としてとどまって、自分と同じ状況の女性を殺し続けた。その女性たちを〝解放〟するために。だが時代が変わってきたことを知り、とやさんは自分に課していた役から離れることを決意する。もう体もぼろぼろだっただろうからね。そして屍人として僕のもとに導かれてきて、そこで活動の限界を迎えた。僕も思い込みがすぎたよ。とやさんが帰りたがっていた家というのは、自身がまつられていた祠なんかじゃなくて、生まれ故郷だったのかもしれないね」

烏丸は山を見上げ、目をまぶしそうにすがめる。同じように視線を向ける姉弟に向かって、清澄な口調で言った。

「とやさんの行動もまた、決めつけだったのかもしれない。とやさんに殺され、屍人になり、〝何者でもない〟人間になった女性たちが幸せだったのかも――わからない。けれど、とやさんはとやさんの信条に従って行動した。僕らがそれをどうのこうの言う権利はない。そしてそんなとやさんの行動を悪しとするなら、きみたちがやることはひとつだ。話をすること。思い込みで相手の心情を決めつけないこと。だろう?」

蒼と柚希は顔を見合わせ、同時に唇を引き結ぶ。くしゃくしゃに握りしめた封筒を引っ込め、柚希は弟の目をひたすら見据えていた。少しだけ見上げるように、自分の背を追い抜きつつある弟の姿を、まるで知らないもののように。

「――姉ちゃん。僕は昔から姉ちゃんが一番嫌いだったよ。決めつけてくるし、押しつけがましいし。僕には僕の考えがあるって言いたかった。でも姉ちゃんには口でかなわないって思ってたから、黙ってただけだ。でも、僕はちゃんと考えてる。市内の高校に行ってみて、いろいろ経験して、それから自分が何をやりたいかって、ちゃんと決めるからさ」

蒼の頬に、目にも確かめられるほどの血色が戻る。深く息をついた弟を、柚希ははっとした表情で見つめていた。その目尻に涙がたまる。姉に向かって手を伸ばした蒼が、また口を開いた。

「屍人として目が覚めてもさ、僕は本当に家へ帰りたかったんだ。そんな状況でもそうやって思うんなら、もうそれが本音じゃん。思い込まされてるとか、いやいやそうさせられてるとかじゃなくて、すごく家に帰りたかったんだよ。だから——いったん僕らの家に戻ろう。僕はもう大丈夫。柚希のおかげで、ちゃんと復活したからさ」

力なく下ろされた姉の片手を、蒼が握る。その顔は柔和な笑みを浮かべていた。

「柚希のことは大嫌いだよ。でも、遊んでくれるし、僕のことをちゃんと考えてくれるし、やっぱり大好きだ。どっちでもある。姉弟ってそんなもんだって、柚希ならわかってくれるだろ?」

柚希は細い声を上げ、弟の手を握ったまま泣き始めた。道の向こうから、パトカーが走ってくるのが見える。スピードを緩め、道ばたに立つ少年が、行方不明の笠原蒼であることを確かめるように。

いつの間にか歩き出していた烏丸の背を追い、藍原もその場を去った。停車したパトカーからふたりの警察官が降りてきて、蒼と柚希に語りかけている。蒼と柚希が藍原たちのほうを見て、目線だけで「ありがとう」と訴えかけていた。

日はもうほとんど沈んでいる。紺色に染まりかけた山道に、蛍の光のような街灯が灯っていた。

＊　＊　＊

八月が去り、九月がやってこようとしているのに、暑さはいっこうにましになる気配がない。本州をほんのわずかにかすめていった台風の名残が、庭の至るところに残っている。振り落とされた葉。折れた木の枝。ダイニングルームの窓の下に並ぶ白い石の周りだけが、今日もきれいに掃除されていた。

魔物の首のようなノッカーを二度叩き、藍原はそのまま屍人探偵社の中へと入る。呼びかける前に、その姿が目に飛び込んできた。ホールの床で長々と寝そべっている烏丸。隣には脚立が広げたまま置かれていて、真新しい電球がその灰色の顔の横に転がっていた。

「駄目だ。やっぱり、だるい。脚立に足をかけただけでめまいがするんだよう」

藍原は黙って電球を手に取り、脚立に登った。これなら十分手が届く。シャンデリアの中央につり下がったソケットから古い電球を取り、新しいものに交換した。そのまま床に降り、脚立をたたむ。ものの二分。脚立を部屋の隅に片付けてから戻ってくると、烏丸が石の裏の虫を見るような目をして床に座っていた。

「ひゃー！　こういうのぱっぱとできる人間って、なんだかさ、むかつくよね。人生そつなくこなしてる感じがして、遊びがないよ、遊びが。さあて電球を換えるか、と思って、二十三年経ってるような僕のほうがかわいげがあってよくない？」

「高いところに登って、落ちて、手や足でも折ったりしたら、あんた回復できないだろ。頑丈な俺に任せときゃいいじゃねえか」

烏丸は笑っているのか睨んでいるのかわからない表情をして、藍原を見上げた。手袋をはめた右手をもう片方の手で握り、今度は口角を上げて笑う。立ち上がり、いつものように首をおもちゃめいてがくがくさせながら、裏声に近い声で言った。

「探偵さんはもう製造から百年経ったアンティーク、大事に扱わないといつ手足がばらばらになるかわかりませんからね！　危ないことは僕が全部やってあげますから！　ってか？　ありがた迷惑、余計なお世話だよ。僕は面倒くさがりだが、ガラスケースに入ってじっとしてるのは嫌だ。外に出たいし、僕のところに飛び込んできた屍人にあれこれ口を出してやりたい。だから心配無用。でも電球の交換なんかは面倒くさいから、どんどんやってくれたまえ。ね？」

外の墓の周りだけは、掃除をするのを面倒くさがらないくせにな――と、藍原は心の中で思う。外の墓石は、烏丸が救えなかった屍人たちを弔ったものだ。それくらいは鈍い自分でもわかる。烏丸はたったひとりでここにいて、たったひとりで屍人たちを迎え、時にはもとの生活に送り出し、時には失敗してきた。長い時間、ひとりで。だが今はそうではない。

もう何年前のものかもわからない、古い電球を飾り棚の上に置いて、藍原は烏丸に歩み寄る。すり切れそうな上着の襟を持った烏丸が、片眉を上げて笑った。

「何だよ、神妙な顔で近寄ってきて。愛の告白か、あるいはものすごい高額な金の無心でもされるのか、僕」

「なあ。やっぱり聞いておきたいんだけどさ」

「嫌だ」

「そう言うと思ったよ。じゃあ聞かない」

烏丸がなぜ屍人になったのか、烏丸を殺したのは誰か。その愛する女性との間に何があったのか。藍原が何を聞いても、烏丸はまともに答えないだろう。ただふざけた声でこう言うはずだ。「その情報が、何の役に立つんだい！」と。

烏丸は屍人探偵として、体の活動限界まで迷えるものたちを迎え続ける。墓場を照らす月の光のように、彼らを帰るべき場所に導こうとして。

ノッカーの音が響いた。目をすがめていた烏丸が、ぱっと表情を明るくする。

「やあ。また客人だ。今度はどんな恨み言を引っ張り出してやろうかな」

玄関ドアへ向かう烏丸に従って、藍原もそのあとに続いた。

ドアが開く。漂ってきた死と土のにおいに気圧(けお)されることなく、藍原と烏丸は同時に口を開いた。

「ようこそ、屍人探偵社へ。まずは誰がきみを殺したのか、話を聞かせてくれないか」

この物語はフィクションです。
実在の人物、団体等とは一切関係がありません。
本書は書き下ろしです。

木犀あこ先生へのファンレターの宛先

〒101-0003　東京都千代田区一ツ橋2-6-3　一ツ橋ビル2F
マイナビ出版　ファン文庫編集部
「木犀あこ先生」係

屍人探偵

2025年1月20日　初版第1刷発行

著　者　木犀あこ
発行者　角竹輝紀
編　集　須川奈津江
発行所　株式会社マイナビ出版

〒101-0003　東京都千代田区一ツ橋2丁目6番3号　一ツ橋ビル2F
TEL 0480-38-6872（注文専用ダイヤル）
TEL 03-3556-2731（販売部）
TEL 03-3556-2735（編集部）
URL https://book.mynavi.jp/

イラスト　TAKOLEGS
装　幀　小林優花＋ベイブリッジ・スタジオ
フォーマット　ベイブリッジ・スタジオ
ＤＴＰ　富宗治
校　正　株式会社鷗来堂
印刷・製本　中央精版印刷株式会社

●定価はカバーに記載してあります。●乱丁・落丁についてのお問い合わせは、
注文専用ダイヤル（0480-38-6872）、電子メール（sas@mynavi.jp）までお願いいたします。
 ISBN978-4-8399-8727-5
Printed in Japan